诗词审美

张文勋 著

云南出版集团
云南人民出版社

图书在版编目（CIP）数据

诗词审美 / 张文勋著. -- 2版. -- 昆明 : 云南人民出版社, 2023.1
ISBN 978-7-222-21805-5

Ⅰ. ①诗… Ⅱ. ①张… Ⅲ. ①古典诗歌—诗歌欣赏—中国 Ⅳ. ①I207.2

中国国家版本馆CIP数据核字（2023）第006363号

出 品 人　赵石定
项目统筹　冯　琰
责任编辑　王曦云
责任校对　武　坤
装帧设计　王曦云
责任印制　代隆参

诗词审美

SHICI SHENMEI

张文勋　著

出　版　云南出版集团　云南人民出版社
发　行　云南人民出版社
社　址　昆明市环城西路609号
邮　编　650034
网　址　www.ynpph.com.cn
E-mail　ynrms@sina.com
开　本　889mm × 1194mm　1/32
印　张　9.25
字　数　159千
版　次　2023年1月第2版第1次印刷
印　刷　云南出版印刷集团有限责任公司华印分公司
书　号　ISBN 978-7-222-21805-5
定　价　42.00元

如需购买图书、反馈意见　请与我社联系
总编室：0871-64109126　发行部：0871-64108507
审校部：0871-64164626　印制部：0871-64191534

云南人民出版社微信公众号

目录

引言

诗词是一种艺术，它必须给人们以美感。我们读一首好诗，思想感情会随之跌宕起伏，或激昂慷慨，或流涕唏嘘，或怡然自乐，或笑逐颜开。作品中的喜怒哀乐之情，俱可引起读者的共鸣，使读者暂时忘却自我而扮演着作品里面的角色，沉湎在优美的艺术境界之中，从中受到潜移默化的思想教育，同时也获得美的享受。这就是我们常说的艺术审美活动。

艺术审美活动，是一种特殊而复杂的认识活动：它包含有生理的和心理的、理性的和感性的、抽象的和形象的、理想的和现实的、主观的和客观的……种种复杂因素。因此，要说明什么是美，美在何处，什么是美感，美感如何产生，那不是三言两语就可以得出结论的。几千年来，哲学家和美学家都力图回答这些问题，但答案千差万别，仁者见仁，智者见智，各自成家。直到现在，旧的分歧尚在继续，而新的争议纷起，足见其问题的复杂性。

虽然如此，但它并不妨碍人们欣赏艺术，从艺术品中获得美感享受。在艺术鉴赏和审美过程中，人们可以从不同的侧面，在不同的层次上，对文艺作品做出不同的审美判断，获得这样那样不同的感受。这种情况的出现并不奇怪，所谓“一千个读者，就有一千个哈姆雷特”，不就是如此么？作为审美主体，任何一个鉴赏者对审美对象都有一个再创造的过程，所以，要想规定统一的审美标准是很困难的。但是，人们的美感经验中，毕竟也有共同或近似的地方，一件艺术品总也具有足以引起共鸣的因素；而每个人在审美过程中所获得的一些审美知识，往往也可能从某一侧面窥见美学之一斑，足可供别人借鉴和参考。我写这本《诗词审美》，绝无使之成为“美学入门”之类的意思，更不敢妄想给审美活动规定些清规戒律，只不过是想联系诗词的实际，介绍一点有关知识，谈一点个人的体会，作为借鉴和参考罢了！

由书名和篇目就可以看出，我力图以中国古代美学理论作为依据，结合中国古代诗人、作家和理论家们的一些美感经验，对诗词审美中的一些特殊现象做一点理论探索和介绍。由于美学理论本身就很复杂，涉及的范围很广，这本小册子既不可能涉及所有问题，也不可能形成严密的理论体系，因此，我只能就某些大家比较感兴趣的问题，分别进行论述，每个问题都可单独成篇。但是，这又不是一本各不相关的文章辑集，我想尽可能地使所谈的问题之间，有一定的内在联系，使全书具有一定的系统性。我希望能给读者提出关于诗词审美的一些有内在联系的问题，以供进一步研究。

其次，我力图使这本小册子，不同于诗词赏析之类书籍。我没有从思想性到艺术性、从篇章结构到文字表达，对作品逐篇进行讲解分析。但又不是一本纯理论的书，所以也并没有就美学问题，进行专题理论研究。我是以某一审美理论问题为经，以有关的诗词作品为纬，夹叙夹议，兼以鉴赏，力图使理论研究、作品分析和审美鉴赏熔为一炉。我想，诗词本来就是给读者以美感的，理论研究和作品分析的目的，无非也是为了让我们更好地去感受它的美，领略其中的无穷韵味。所以，在谈问题时，努力使理论联系作品实际，以免谈理论流于空泛，而谈作品又陷于就事论事。因此，我特将书名称为《诗词审美》，使之介乎美学理论专著和诗词赏析著作之间，使之成为漫谈式的但又有点理论性的通俗读物。然而，这仅仅是主观愿望，限于本人的学识和理论水平，可能事与愿违，反而使此书显得驳杂无绪，不伦不类，贻笑于大方之家。

至于对前人理论的征引，仅断取其警策之语，对引文的解释，也只不过是个人一孔之见，自非定论。举例用的诗词作品，也不一定都是名家名作，只要有代表性的，哪怕是为世人少知者，亦引为例，达到说明问题的目的辄止。中国古代诗词中，名篇佳作，不可胜数，所引作品，挂一漏万，甚至有取鱼目而遗明珠者，恐亦难免。这只好由读者去鉴别和补充了。

最后，还有一点应该说明：我所谈的多系有关艺术审美的一些问题，对所引的诗词作品，也侧重于艺术性的分析，这会不会招来“唯美主义”的责难呢？不得而知。但我想，诗词既然是一种艺术，它不可能没有形式美，也不可能有脱离思想内容而孤立存在的形式美。诗词意境本身，就是主观和客观的统一、内容和形式的统一，因此诗词审美，也就不能不首先涉及审美对象的艺术性和形式美。那么，谈谈艺术性，分析一下形式美，又何尝不可呢？

总之，在诗词鉴赏中所获得的美感经验，是每个鉴赏者实践体验的结果，别人是无法代替的。对于一首诗，企图让所有的读者获得完全相同的美感经验，也是不可能的。元遗山论诗诗云：

汉谣魏什久纷纭，正体无人与细论。
谁是诗中疏凿手？暂教泾渭各清浑。

显然，作者是以“疏凿手”自命的。其实，诗词审美标准不一，美感经验也不同，正体、伪体之争，也永难取得一致意见。谁想要“疏凿”出一条泾渭分明的公认界线，恐怕是很困难的。

既然是审美，那就让读者自己去体验吧！

『物色之动，心亦摇焉』

——心物感应

我们读一首好诗，可以从中获得美感。美感的获得，有复杂的原因。就艺术审美对象来说，和作品的思想感情、艺术形式、音韵格律等等都有关系；而就审美主体来说，又取决于其主观思想感情、艺术修养和艺术趣味，及其个性特征、心理素质等等。审美感情，是一种复杂而又独特的心理活动，绝非用简单的定义可以说清楚，但是，它毕竟是人们的一种认识活动。它不是先验的知识，也不是神灵的启示，它的产生，必然有其现实基础。我国古代的心物感应论，是具有朴素的唯物主义色彩的认识论，许多持有这一理论的思想家、理论家，正是把心物感应看作是艺术审美活动的基础。根据这种理论，他们把诗歌创作和艺术审美活动，都看作是心物感应的结果。这种具有唯物主义因素的理论，在我国古代美学史上，有重要的理论意义和实践价值：它为我国古代现实主义美学奠定了理论基础，而对诗歌音乐创作，尤具有指导意义。《乐记·乐本》中说："凡音之起，由人心生也。人心之动，物使之然也。感于物而动，故形于声。"又说："乐者，音之所由生也；其本在人心之感于物也。"这是谈音乐，也适用于诗歌、舞蹈及其他艺术。这里所说的"物"，指整个客观世界，包括自然界和社会存在。《诗大序》谈诗歌创作时说："在心为志，发言为诗；情动于中而形于言。"这里所说的志和情，是主观的东西，但它的形成还是决定于社会实践，所以才有“治世之音安以乐，其政和；乱世之音怨以怒，其政乖”等等说法。可见，艺术创作和审美感情的产生，必须从人们的主观（心）和客观（物）的关系中才能寻找到其根源。

首先，心物感应的过程，就是审美主体与客体间审美信息不断传递的过程。人类在其长期社会实践中，头脑里不断地输入并储存来自客观世界的各种审美信息，逐渐形成审美意识。而审美意识一旦形成，又可反作用于客观世界，使某些客观事物具有审美的价值。主客观的各种审美信息，通过艺术处理，借助于语言文字工具表现为诗歌，人们就可以从中获得美感。我们的先人们不懂得信息理论，但他们在描写诗歌创作和进行审美活动时，却生动地说明了这些关系。陆机在《文赋》中写道：

> 伫中区以玄览，颐情志于典坟。遵四时以叹逝，瞻万物而思纷；悲落叶于劲秋，喜柔条于芳春。心懔懔以怀霜，志眇眇而临云……慨投篇而援笔，聊宣之乎斯文。

这里说的都是心物感应的关系，也是艺术创

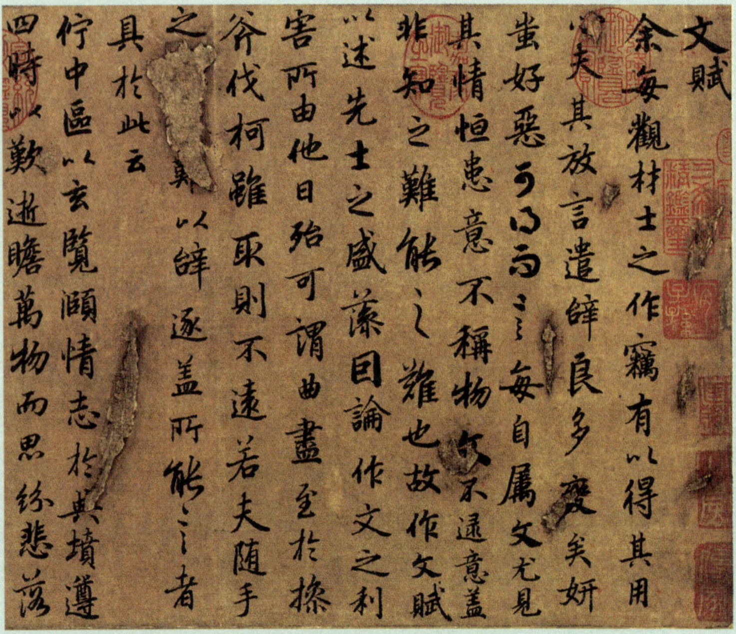

唐 陆柬之书陆机《文赋》

作过程中审美信息在主客体之间相互传递的关系。四时代序，万物纷纭，是客观之物；因物起兴，触景生情，这是客体向审美主体传递信息的结果，而寄兴于物，寓情于景，然后借诗以言志，借乐以抒情，则是审美主体把储存的艺术信息，经过加工整理后再输出的艺术表现。就艺术作品与鉴赏者之间的关系而言亦然。鉴赏者从艺术作品中接受了审美信息，经过主观的感悟和再创造，获得了美感，产生了共鸣，和审美对象（作品）之间产生交流。关于心和物之间的这种信息交流，刘勰论述得很生动，他说：“故思理为妙，神与物游。神居胸臆，而志气统其关键，物沿耳目，而辞令管其枢机。”[①]具体到创作活动中，就是“情以物迁，辞以情发”[②]。这神与物、情与物的关系，也即是心与物的关系，“物色之动，心亦摇焉”！“献岁发春”可引起“悦豫之情”；“滔滔孟夏”，产生“郁陶之心”；“天高气清”，引起“阴沈之志”；“霰雪无垠”，产生“矜肃之虑”[③]，如此种种，正是主客体之间审美信息传递所起的作用。这就是为什么我国古代诗词中，咏物言志，几乎是不可分割地联系在一起，而心物感应就成为人们获得审美感情的基础。古人对《诗经》的创作方法，总结了赋、比、兴三字，兴者起也，就是因物起兴。孔子以兴、观、群、怨论诗，兴是诗歌对读者的感发作用。这也是诗人在创作中和读者在鉴赏过程中，审美主体和对象之间信息传递所产生的作用，归根结底，就是心与物之间的相互作用。没有这种作用，审美就成为不可能。

风雨凄凄，鸡鸣喈喈；既见君子，云胡不夷。风雨潇潇，鸡鸣胶胶；既见君

① 《文心雕龙·神思》。
②③ 《文心雕龙·物色》。

子，云胡不瘳。风雨如晦，鸡鸣不已；既见君子，云胡不喜。

——《诗经·郑风·风雨》

这是《国风》中属于起兴的诗，通篇由风雨、鸡鸣等客观之物，引起诗中的主人公渴望见到“君子”的复杂心情。“风雨凄凄”，写其气氛，它作为外界的一种信息，输入并触动了作为审美主体的主人公之心；而主体内心世界中原已储蓄的思念“君子”的种种信息，又被输出和客观世界之物相融合，才构成整首诗所表现的意境。尽管是风雨交加，然而见到了久已渴望的“君子”，心情是多么的高兴。这种情景交融、主客观相结合所构成的诗的意境，具有强烈的艺术感染力，使人们产生共鸣、产生美感。当然，诗中所说的“君子”，究竟是谁？是一位隐君子，或是一位情人？谁也说不准，《小序》说：“风雨，思君子也。乱世则思君子，不改其度焉！”这是未必可信的。我想，读者从诗中所获得的大致可能是思念伊人的情感，并通过作品的艺术魅力而获得美感享受。至于“君子”何许人耶，倒不一定太拘泥、太落实，留待读者去想象就可以了。心物感应中的信息作用，主要是触发、启示，唤起联想和想象，审美主体对信息的处理过程，是一种按照美的规律进行创造性脑力劳动的过程，这才是美感产生的奥秘。刘勰说："人禀七情，应物斯感，感物吟志，莫非自然。"① 又说："山沓水匝，树杂云合；目既往还，心亦吐纳。春日迟迟，秋风飒飒；情往似赠，兴来如答。"② 所有这些，不就是创作过程和鉴赏审美过程中，审美信息传递的生动写照么？这里，我们再来欣赏一下阮籍的《咏怀》，或是谢灵运的《登池上楼》之类的诗，就不难明白艺术作品中心物感应和审美信息传递的种种表现。

开秋兆凉气，蟋蟀鸣床帷。
感物怀殷忧，悄悄令心悲。
多言焉所告，繁辞将诉谁？
微风吹罗袂，明月耀清辉。
晨鸡鸣高树，命驾起旋归。

这是阮籍的《咏怀》之一。作者"感物怀殷忧"，也就是"感于物而动"；而"心忧""心悲"，则是主观的思想感情。诗中的自然景物和作者主观的"心"相互感应，不就是这首诗的审美感情得以产生的基础么？这里的心与物、主观与客观、情与景，相互作用，客观事物披上主观色彩，而主观心理活动，又具有鲜明形象的物质

① 《文心雕龙·明诗》。
② 《文心雕龙·物色》。

外壳，构成富有感染力的艺术意境。这不正是心物感应在诗歌审美中所起的作用么？

心物感应中的“物”，前面已提到，不能只理解为自然界纯客观的物。心与物一旦在诗人的头脑中相互感应，它就具有社会的属性，因此，作为诗歌审美对象的物，在作品中都包含有社会的内容和作家主观思想感情的因素。关于这个问题，钟嵘有段极为精到的论述：

> 若乃春风春鸟，秋月秋蝉，夏云暑雨，冬月祁寒，斯四候之感诸诗者也。嘉会寄诗以亲，离群托诗以怨。至于楚臣去境，汉妾辞宫，或骨横朔野，魂逐飞蓬，或负戈外戍，杀气雄边；塞客衣单，孀闺泪尽；或士有解佩出朝，一去忘返；女有扬蛾入宠，再盼倾国。凡斯种种，感荡心灵，非陈诗何以展其义？非长歌何以骋其情？
>
> ——《诗品序》

这段话的中心意思，就是确认诗歌必须是有感而发，而不是无病呻吟，这也正是“感于物而动”的精神。钟嵘在这段话中，把“感于物”的“物”，做了具体的阐述，其内容包括自然界和社会生活，而作为诗歌的内容，则是以社会生活为核心。从《诗经》到《楚辞》，从汉魏古诗到唐诗、宋词，都证明了这一点。当然，这并不是说，凡是写了社会生活内容的诗，都可以给人以美感，如果违反了艺术本身的规律，那根本不能算是艺术品，也不能给人美感。但是，凡是能震撼人心、给人以强烈的艺术感染力的作品，必然是在心物感应的基础上，具有真情实感，在优美的艺术形式中，给读者以强烈的审美信息，使读者获得美感。

日月忽其不淹兮，春与秋其代序。
惟草木之零落兮，恐美人之迟暮。
——《离骚》

山峻高以蔽日兮，下幽晦以多雨。
霰雪纷其无垠兮，云霏霏而承宇。
——《涉江》

屈原的这些名句是大家所熟知的，写的是自然景物，正是钟嵘所说的“斯四候之感诸诗者也”。但这些景物，不正是“去境”的“楚臣”在长歌骋情吗？“哀吾生之无乐兮，幽独处乎山中”，不就是屈原内心的自白吗？读着这些诗，我们会感受到草木零落、幽晦多雨这样一种凄楚、苍凉的氛围，感受到作者内心世界的痛苦和伤感。这内心世界和外界景物交织成感荡心灵的艺术意境，就是其艺术感染力的源泉。

我们还可以再欣赏一些诗词来证明钟嵘的理论之不诬。在汉魏乐府诗及唐代的边塞诗中，写“负戈外戍，杀气雄边；塞客衣单，孀闺泪尽”的作品多不胜数，名篇杰作也不胜枚举。这里，我们只要读读陈陶的绝句《陇西行》，就可领略其中三昧了。

誓扫匈奴不顾身，五千貂锦丧胡尘。
可怜无定河边骨，犹是春闺梦里人。

残酷的战争，壮烈的牺牲，无定河边白骨遍地，而多少遗孀，还在梦里思念亲人。这些都是现实社会生活的反映。诗人有感于这样残酷的现实，抒发了遭受战争灾难的人民群众的极其惨痛悲切的感情。前两句是直叙，没有什么特殊之处，只不过是说明诗人“感于物”“感于事”而发，但后两句语气一转，就把读者带到用血和泪写成的意境中去了。写悲而不直接言悲，只是把死去的丈夫（无定河边骨）和梦中还期待丈夫归来的孀闺做了对照，这样惨痛的悲剧，怎不催人泪下？短短四句，婉转含蓄，包容了广阔的社会内容，蕴藏着极其丰富的思想感情。这样的诗，不也是心物感应的结果吗？写人、写事、写物、写景，其妙处都在言意之外，给读者以无穷尽的审美信息，怎不令人感荡心灵？

谈到这里，我们又要回到“心物感应”的问题上来了。我国古代诗词理论中，讲“比兴”“寄托”，讲“见景生情，寓情于景”，都有一个共同之点，就是把主观和客观联系起来、把精神因素和物质因素结合起来，在主客观关系之中，在精神与物质的关系之中，进而在社会生活（包括人格化了的自然界）实践中，去寻求艺术美的根源，这就使得我国古代传统的美学，具有深厚的现实基础，具有鲜明的民族特色。

最后，还应该指出的是“心物感应”论，在不同的历史时期也有不同的内容。有的比较强调物的方面，有的比较强调心（主观）的方面，但就我国古代传统美学思想的主流来说，在心与物的关系上，还是比较注意心的方面。抒情言志就是侧重在主观的思想感情的表现，而“缘情体物”也是侧重在主观的感受。因此，在审美过程中，无论是从作者的角度，还是鉴赏者的角度，都比较强调思想感情的抒发。《乐记》说：“凡音者，生人心者也，情动于中，故形于声。”《诗大序》说："情动于中而形于言。"沈约说："夫情动于中，则歌咏外发。"[①] 刘勰说："夫情动而言形，理发而文见。"[②] 就是主张文学要为时、为事而作的白居易，也认为诗是"情根、苗言、华声、实义"。这都说明在创作和审美活动中，主观的思想感情是起主导作用的。"物色之动"是外界自然现象，是不以人们的意志为转移的物自体，但一旦它触发了人的精神世界，则"心亦摇焉"，这时，才能产生审美活动。而在整个审美过程（包括创作和鉴赏）中，主观的"心"，可以说就起主导作用了。

---

① 《谢灵运传论》。
② 《文心雕龙·体性》。

『在心为志，发言为诗』

——情志合一

言志抒情的主张，是我国自古有之的诗论，几千年间，被奉为写诗、读诗之圭臬，成为我国古代诗歌美学具有民族特色的传统理论。自《尚书·尧典》始倡“诗言志，歌永言”之说，经孔孟诸儒倡其义，《毛诗序》加以诠释，后世之文人学者不断加以发挥，言志抒情之论就成为我国古代诗词创作的重要理论依据，也成为诗词审美判断的主要标准之一。

“诗言志”的主张，在先秦时期已是很普遍了，除《尚书》所载之外，其他典籍亦不少见。《左传·襄公二十七年》有这样一段记载：“赵孟曰：七子从君，以宠武也。请皆赋诗，以卒君贶，武亦以观七子之志。”下面又有“诗以言志”之语。由此可见，“诗言志”有两层意思，一是作诗以明志，这是就创作而言；一是赋诗以陈志，这是在人们的交往言谈中，赋引《诗经》中的诗以表白志意，而听诗者则是根据所吟的诗来观对方之志。这就是说，不论从作者的方面或是读者（鉴赏者）方面，都以明志、陈志作为诗的主要功能。“志”是什么？按照朱自清先生的解释，“志”基本内涵就是“怀抱”[1]，也就是人们的思想志向。孔子对他的学生颜渊、季路说：“盍各

---

① 《诗言志辨》。

言尔志？”两个学生谈了他们的“志”之后，子夏问老师：“愿闻子之志！”孔子说：“老者安之，少者怀之，朋友信之。”① 可见，志就是思想怀抱，朱自清认为：“这种志，这种怀抱是与‘礼’分不开的，也就是与政治、教化分不开的。”这样来解释志的含义是符合实际的。所以，“诗言志”作为审美判断的标准，自然就把美和伦理道德联系起来，和政治教化联系起来，也就把美和善联系起来。这正是先秦儒家美学思想的一大特色。以此释诗，故《诗经》中的诗，都被认为是言志的，而且都是与政治有关。《诗大序》说：“是以一国之事，系一人之本，谓之风；言天下之事，形四方之风，谓之雅。雅者，正也。言王政之所由废兴也。政有大小，故有小雅焉，有大雅焉。颂者，美盛德之形容，以其成功告于神明者也。”本来嘛，说“诗言志”，从诗歌的思想意义来说是正确的，诗总是要表达某种思想的，而人的思想是一定社会的产物，总是直接间接地反映社会现实，和政治有一定的关系，这也是必然的。但是，把“诗言志”变为诗就是谈政治，并把这作为诗歌审美判断的唯一标准，那就要走入歧途了。

陟彼北山，言采其杞。偕偕士子，

① 《论语·公冶长》。

朝夕从事。王事靡盬，忧我父母。普天之下，莫非王土。率土之滨，莫非王臣。大夫不均，我从事不贤。

这是《诗经·小雅·北山》中的两段，写一个地位不太高的臣子苦于王事劳累而发的牢骚，涉及王政，也可以说是政治诗，没有多少艺术性。这首诗直接把所言之志和政事联系起来，是很明显的。但是，一定要把“关关雎鸠，在河之洲。窈窕淑女，君子好逑”这样的爱情诗也“系之周公”，把它说成是歌颂“后妃之德”，那就未免牵强附会了。不错，《关雎》诗也是言志的，但所言的是男女互相爱慕追求之志，这与后妃之德无关。由于对“言志”做了片面的理解，以至于把诗变成政治教条或哲学语录，例如宋代道学家邵雍在《伊川击壤集》中的一些说理诗，的确可谓是诗道之厄运了。其实，“诗言志”的内容是很丰富的，凡写景、写物、写人、写事，虽不一定直接讲政治、讲思想，但也可以是言志的佳作。我们还是来读读《诗经》吧：

坎坎伐檀兮，寘之河之干兮，河水清且涟猗。不稼不穑，胡取禾三百廛兮？不狩不猎，胡瞻尔庭有县貆兮？彼君子兮，不素餐兮！

宋 马远《水图》（之一）

这是大家所熟悉的《魏风·伐檀》中的一章，是一首具有强烈思想性的讽刺诗，其思想观点明确、爱憎分明，不就是“言志”吗？但作者之志，是通过诗中具体的人、事、物表现出来的，形象鲜明、语言生动，富有戏剧性。像这样的言志，并不是纯粹的、理性的判断，我们把它作为审美的对象，自然是无可非议的。我们再来欣赏一下曹操《步出夏门行》中的观沧海诗吧：

东临碣石，以观沧海。
水何澹澹，山岛竦峙。
树木丛生，百草丰茂。
秋风萧瑟，洪波涌起。

日月之行，若出其中；
星汉灿烂，若出其里。
幸甚至哉，歌以咏志。

作者已明确说明“歌以咏志”，那么，这首诗中的“志”究竟是什么呢？作者并没有用政治概念或抽象说理来表述，而全是写景，由情景构成优美的意境。在雄浑中见苍凉的色彩，壮阔中见磅礴的气势，象征着作者统一中国的雄心壮志，表现出吞吐宇宙的广阔胸怀。我们从诗中感受到一种大自然的辽阔无垠的雄伟之美，感受到有限的人生具有无限意义的崇高之美，感受到生机勃勃的生命力量之美。这样言志的诗，作为审美的对象，自然也是十分合适的。

说到这儿，我们得进一步谈谈言志与抒情的关系问题。严格地说，言志和抒情有一定的区别，前者侧重于思想、志向，后者侧重于感情、情绪；前者重理智，后者重情性，但是对于诗人来说，二者之间并没有不可跨越的鸿沟，而是不可分割地联系在一起的。诗人言志，不可能没有情感，而所抒之情又必然和志向联系在一起。有的人把二者对立起来，有“主志”“主情”之分，这实在是理解上的偏颇，因此走向极端。例如“主志”者把诗歌推上空洞说理、空喊政治口号的歧路；而“主情”者却把诗歌变成写黄色、低级的东西，甚至堕落到赤裸裸的性欲描写，把诗歌引向另一条邪路。这种情况，在我国文学史上是不乏其例的。其实，言志抒情是统一的，《诗大序》已明确地论述了这一观点：“诗者，志之所之也。在心为志，发言为诗；情动于中，而形于言。”这里，诗人的情和志，感情和思想是统一的。孔颖达《左传·正义》中解释“六志”时说：“在己为情，情动为志，情志一也。”这就是情志合一的观点，也是要求真善美统一的观点，在我国美学史上，这是传统的、具有民族特色的审美观。六朝时期，才有“缘情”之说，陆机《文赋》中有“诗缘情而绮靡”的话，刘勰说“诗者，持也，持人情性”，钟嵘强调“摇荡性情”和“感荡心灵”，所有这些都强调一个情字。但是与此同时，陆机也强调“心懔懔以怀霜，志眇眇而临云”，还谈到“六情底滞，志往神留”；刘勰也常谈到志，如“民生而志，歌咏所含”①，“风雅之兴，志思蓄愤”②。有时则是情志并提，如云：“志足而言文，情信而辞巧”③“志在山水，琴表其情”④“以情志为神明”⑤等等，这都说明在

① 《文心雕龙·明诗》。
② 《文心雕龙·情采》。
③ 《文心雕龙·征圣》。
④ 《文心雕龙·知音》。
⑤ 《文心雕龙·附会》。

主“缘情”说的人那里，也还是不废“言志的。如果说，在诗歌创作中，“情”占有极其重要的地位，那么，“志”是“情”的基础，情见于外，而志充于内，所谓“率志委和，则理融而情畅”[①]，情和志是互为表里、互相制约的。孟子主张“以意逆志”，也说明志是更深一层的东西。可见，以情志作为审美判断的主要标准，就是强调思想感情在诗歌创作和审美中的重要地位，这也是我国古代美学理论的优秀传统。

当然，情和志都不是抽象的，强调言志，并非抽象说理；强调言情，并不是鼓吹动物本能和原始情绪的盲目冲动，而是要求有纯正的思想胸襟和健康的情感、情操。儒家要求“发乎情，止乎礼义”，那是封建道德的要求，但它提出了思想感情要正确健康，这一原则是具有普遍意义的。这里，我们无妨再来欣赏一下杜甫的《月夜》：

今夜鄜州月，闺中只独看！
遥怜小儿女，未解忆长安。
香雾云鬟湿，清辉玉臂寒。
何时倚虚幌，双照泪痕干。

---

① 《文心雕龙·养气》。

这是一首抒情诗，抒的是杜甫在长安思念远在鄜州的妻室儿女之情，这不是一般的思念之情，而是杜甫被安史叛军俘虏而困于长安时的心情。他渴望平定安史之乱、振兴国运，和妻儿团聚，共享太平盛世之乐。处于俘虏生活中的杜甫，月夜思亲，其情之凄切是可想而知的。作者不是直述自己如何思念妻儿，而是想象妻儿在鄜州思念自己的情景，这种表现手法，也很有独到之处。全诗抒的是杜甫的真情实感，这是实，但却是虚写，用妻女衬托；妻女对己之思念是设想，这是虚，但却实写。这种写法，使虚实相生，使自己之情和妻女之情融注为一体，更具有感人的力量。“遥怜小儿女，未解忆长安。”以年幼无知的小女不懂得思亲，来衬托妻子思念丈夫的苦心，令人备感其苦。通过这些假设描写，又更衬托出杜甫内心的痛苦。“云鬟湿”“玉臂寒”，真切地写出“闺中只独看”的妻子的形象。情景交融，字字句句俱饱含夫妻儿女的至性至情，读之感人肺腑。但是，诗中所表露之情，难道仅仅只是区区儿女之情吗？不！我们如果从文字之表，进一步探索作者之志，就可以发现，在这种感情背后，蕴藏着作者“致君尧舜上，再使风俗淳”的政治理想。“何时倚虚幌，双照泪痕干”，不仅是夫妻父女团聚的愿望，也是他对太平盛世和清明政治的理想和愿望。联系到杜甫《春望》中的“国破山河在，城春草木深。感时花溅泪，恨别鸟惊心”等类诗句，我们就不难理解《望月》的思想内容了。诗是一种艺术，它必须以情动人、以形象感人，在强烈的感情色彩和鲜明的艺术形象中，饱含着作者的思想愿望，表现出作者的胸怀志向。刘勰说的“以情志为神明”，不就是把“情志”作为审美判断的主要内容吗？

固然，志有大小，情有轻重，有小我之志、一已之情，也有天下之志，国家之情。表现在作品中有形形色色，其审美价值也难以一概而论，必须对具体作品做具体分析。李后主在早期词中描写的“绣床斜凭娇无那，烂嚼红茸，笑向檀郎唾”[①]之类的情，是儿女娇态、男女私情，自不像他作为亡国之君以后，词中表现的情志那么沉痛、真切：

林花谢了春红，太匆匆！无奈朝来
寒雨晚来风。胭脂泪，留人醉，几时重？
自是人生长恨水长东！

——《相见欢》

这首词是借景抒情的，也是言志的，这情和

① 《一斛珠》。

志，当然是和李后主遭亡国之痛的思想感情有关。昔日是金銮殿上的至尊，过着享乐腐化的生活，而今日成了阶下囚，他怎能不留恋旧日的荣华富贵？可惜，好景不长，太匆匆，“雕栏玉砌应犹在，只是朱颜改”，过去的已经一去不复返了，只留得“故国不堪回首月明中”[①]这样一种无可奈何的伤感情调。这当然是李后主的切肤之痛，也是一种家国之痛，但只不过是一个多愁善感而又无所作为的亡国之君的情怀罢了。这样的作品，也给我们以美感享受，但我们并不是站在李后主的立场上，完全按照他的情志作为审美判断。人们可以把词中的感情，作为对人生的咏叹，赋予新的内涵而获得美感。

同样是家国之痛、亡国之恨，在陆游、辛弃疾等人的诗词中，却另是一种情志，另是一种格调。“死去原知万事空，但悲不见九州同。王师北定中原日，家祭毋忘告乃翁。”[②]这是陆游的诗，其情志昭然在目，感人至深。而辛弃疾的《破阵子》则又是另一种风格：

① 李煜《虞美人》。
② 《示儿》。

醉里挑灯看剑，梦回吹角连营。八百里分麾下炙，五十弦翻塞外声，沙场秋点兵。

马作的卢飞快，弓如霹雳弦惊。了却君王天下事，赢得生前身后名，可怜白发生。

这是辛弃疾写给爱国诗人陈亮的一首词，其中抒情言志是融为一体的。“可怜白发生”和“人生长恨水长东”，固同属人生短促的感慨，但前者愤激悲壮，而后者则是消极伤感。辛弃疾以“天下事”为志，有为统一南北、收复失地而驰骋沙场的豪情壮志。不用说，我们欣赏这首词，也是以情和志作审美判断的内容的。词中表现的情志，不是纯理性的判断，而是由沸腾的感情、豪迈的气势、壮阔的场景，构成鲜明的艺术形象和深远的意境，给人以强烈的艺术感染力。

由此可见，我国古代诗词审美，强调情志，并以之作为审美判断的主要标准，这是我国具有悠久历史的美学传统。尽管在理解上，历代都有过偏颇，有过片面性，但就其主流来说是具有积极意义的。把情和志结合在一起，既强调了抒情、缘情在诗歌中的重要地位，又注意到作家的思想、志向、胸怀在诗词中的重要作用。既肯定了感情因素的美学价值，又不排斥理智在审美认识中的作用。感情和理智是互相联系的，“以情志为神明”，这就使我们对诗词的审美判断，不致离开理性认识而片面追求形象的直觉。显然，这种审美理论，和西方的所谓“美是无一切利害关系的愉快的对象”，把“无利害关系”作为“鉴赏判断的一个契机”[①] 的理论是大相径庭的。看来，我们也习惯于我国传统的审美观念，无论是过去、现在还是将来，抒情、言志终归是我们在诗词创作和审美中的重要内容，对那些所谓无目的性、无思想性的种种“艺术”，一般是难以接受的。

① 康德《判断力批判》。

『补察得失之端，
操于诗人美刺之间』

——美刺讽谕

诗歌的美刺讽谕作用，是我国古代诗论的优良传统之一。诗给人以美感，而美感的产生，往往和人们的道德观念分不开。劝善惩恶，固然有其具体的社会内容，不同阶级的善恶观也不一样，但是无论在哪个时代，总是有美好的、健康的事物，也有丑恶的、腐朽的现象。诗歌就是要歌颂美好健康的事物，鞭笞丑恶腐朽的现象，所以，《诗经》中早就明确地提出诗歌的“美”和“刺”的作用。汉代的儒生们说诗，也大谈美刺。《毛诗序》中提出了“风刺”和“美盛德之形容”的问题。郑玄在《诗谱序》中也提出：“论功颂德，所以将顺其美；刺过讥失，所以匡救其恶。”这些看法，不见得都是错的，只不过在他们那里，美刺的标准是封建伦理道德，并且把“美”和“刺”作为评价诗歌的唯一标准，使诗歌成为是非善恶观念的传声筒，所以，他们对《诗经》中的不少作品，做了牵强附会的歪曲解释。白居易论诗，十分强调美刺的作用。他说：“故惩劝善恶之柄，执于文士褒贬之际焉；补察得失之端，操于诗人美刺之间焉。”[①] 这些理论，在我国传统的审美观念中，就是强调诗歌的政治作用，使之成为美刺工具，其影响之深是不能低估的，当然，也不可一笔抹煞其意义。

---

① 《策林·六十八》。

美刺讽谕的传统，在汉魏古诗中，也可看出很明显的烙印。以“风骨”著称、“志深而笔长，慷慨而多气”的建安文学，也继承了《风》《雅》的传统，颇重美刺讽谕之旨，这在建安七子的作品中，也明显可见。当然，这时期的诗歌，无论从思想内容到艺术形式，都已有了崭新的发展；其美刺手法，也不再像《诗经》中的“是以为刺”“是用大谏”或“吉甫作诵，其诗孔硕”之类的简单了。建安诗人们，把美刺之义，融注在生动的艺术形象之中，使读者在美感享受中，受到美刺思想的教育。从曹植的一些诗中我们可以看到这一特点。这里，我们无妨就他的《白马篇》《名都篇》二诗，作一比较分析。

曹植诗中，多“慷慨而多气”之作，虽有不少愤懑结郁的篇章，但也不乏慷慨激昂、积极上进的佳作。《白马篇》就是这样的作品，这是大家公认的。但是，从另一个角度反映出曹植的积极向上思想的《名都篇》，却未受到应有的注意，对这篇作品的解释，也还存在一些分歧。其实，这两篇作品表现的内容不同，但基本思想是一致的，都是为了鼓励积极进取、建功立业，批评享乐腐化、无所作为。一是歌颂赞美，一是暴露讽刺，二者殊途同归，宗旨不悖，但又各具特色，美刺互补，相与为用。清人吴淇在《六朝选诗定论》中提出："此篇（指《白马篇》）当与《名都篇》参看。"这是很有见地的。这两篇诗稍长一点，但为了便于全面了解诗的意境，我们不得不在这里抄录全文以供鉴赏。先看《白马篇》：

白马饰金羁，连翩西北驰。
借问谁家子？幽并游侠儿。
少小去乡邑，扬声沙漠垂。
宿昔秉良弓，楛矢何参差。
控弦破左的，右发摧月支。
仰手接飞猱，俯身散马蹄。
狡捷过猴猿，勇剽若豹螭。
边城多警急，胡虏数迁移。
羽檄从北来，厉马登高堤。
长驱蹈匈奴，左顾陵鲜卑。
弃身锋刃端，性命安可怀？
父母且不顾，何言子与妻？
名编壮士籍，不得中顾私。
捐躯赴国难，视死忽如归。

这首诗的主题是什么？历代解释都无多大分歧。郭茂倩在《乐府诗集》中说："言人当立功、立事，尽力为国，不可念私也。"沈德潜等俱主此说。朱乾在《乐府正义》中有了补充，他说："此寓意于幽并游侠，实自况也。……篇中所云

‘捐躯赴国难，视死忽如归’，亦子建素志，非泛述矣”。事实正是如此，《白马篇》所刻画的“游侠儿”的形象，是一位有理想、有抱负、有本事的英俊青年，当国家危急，边城报警的时刻，他毫不迟疑地从军杀敌，英勇善战。他置性命安危于不顾，也顾不得父母妻室儿女，视死如归，以赴国难。这位为国忘家、为公忘私的英雄形象，不正是曹植的理想的化身么？曹植胸怀“勠力上国，流惠下民，建永世之业，流金石之功”[①]的雄心壮志，表示要做一个“慷慨死难之臣”[②]，所以说《白马篇》表现了他的“素志”，这是正确的。

作为一篇艺术杰作，《白马篇》并不是抽象地述志而是通过鲜明生动的诗歌形象，给读者以强烈的艺术感染。作者对“游侠儿”的刻画，不是静止的描写，而是自始至终把他放在动态中加以表现，写得栩栩如生。“白马饰金羁，连翩西北驰”，诗一开头就勾勒出一个英俊不凡的游侠青年形象。接着介绍了他的身份，原来，他是一位“扬声沙漠垂”的游侠儿，他从小离开家乡，在幽、并一带过着游侠生活，早已名扬边塞。但作者并不是平铺直叙地表现人物，而是选择了几个具有特征的细节，做了夸张的描写。先写他练

---

① 《与杨德祖书》
② 《求自试表》。

武功之勤、武艺之精，“宿昔秉良弓，楛矢何参差”，可见其长期弓箭不离身，勤学苦练，才练就一身好武艺。你看他“控弦破左的，右发摧月支。仰手接飞猱，俯身散马蹄”，射箭百发百中，不论是静止的还是飞动的目标，他都是箭无虚发。他矫捷勇剽，武艺高强。这一切，都还不过是表面现象的描写，作者的着眼点是在对人物的思想、志向，即精神境界的歌颂赞美。作者特意把这位游侠儿放在边陲告急、国难当头的环境中去表现，“边城多警急，胡虏数迁移。羽檄从北来，厉马登高堤”，短短四句就把敌人入侵、边城紧急的气氛渲染出来了。此时此刻，这位爱国青年，毫不犹豫，跃马先驱，去和敌人作战。“长驱蹈匈奴，左顾陵鲜卑”，并不一定是实写，而是泛指游侠儿英武豪壮，抵抗来自各方面的入侵者。这种压倒敌人的气势和力量，难道仅仅是凭他有高超的武艺吗？不！主要是由于他具有强烈的爱国感情，具有为国忘家、视死如归的精神和胆略。“弃身锋刃端，性命安可怀？父母且不顾，何言子与妻？”这种崇高的牺牲精神，是中华民族爱国主义优秀传统的体现。有了“不得中顾私”“捐躯赴国难”的思想，才能做到“视死忽如归”，这种精神品格，直到今天也还是有教育意义的。由于这篇诗着重在形象、动作、气氛的描写，使得这具有崇高精神品格的英雄形象，显得有血有肉、跃然纸上，具有强烈的艺术感染力。

这游侠儿是曹植的理想的化身。作者一方面把自己的理想寄托在游侠儿这一英雄形象身上，加以热情地歌颂和赞美，另一方面又表现在他对那些斗鸡走马、嬉戏终日的纨袴子弟的无情讽刺和鞭笞。通过对反面形象的批评，体现出作者正面的理想，《名都篇》就是如此：

名都多妖女，京洛出少年。
宝剑直千金，被服丽且鲜。
斗鸡东郊道，走马长楸间。
驰骋未能半，双兔过我前。
揽弓捷鸣镝，长驱上南山。
左挽因右发，一纵两禽连。
余巧未及展，仰手接飞鸢。
观者咸称善，众工归我妍。
归来宴平乐，美酒斗十千。
脍鲤臇胎鰕，炮鳖炙熊蹯。
鸣俦啸匹侣，列坐竟长筵。
连翩击鞠壤，巧捷惟万端。
白日西南驰，光景不可攀。
云散还城邑，清晨复来还。

唐 佚名《宫乐图》

这里，也首先涉及对这篇作品的主题究竟如何解释的问题。有人认为这是“子建自负其才，思树勋业，而为文帝所忌，抑郁不得伸，故感愤赋此”①。这未免过于附会，曹植虽受压抑，但并非安于“斗鸡”“走马”的生活。作品的情调也和曹植的激昂自励或沉郁愤懑的风格不同，对里面所写的人物和生活，是持讽刺批判的态度，而不是追求、向往的感情。有的认为：“《名都》二语，写尽风俗。”②有的认为：“此无所寄托，直是修辞之章矣。”③这都是皮相之说。《名都篇》

① 唐汝谔语，转引自《古诗赏析》。
② 宝香山人《三家诗》曹集。
③ 陈祚明《采菽堂古诗选》。

所写，决非是一般的风俗描绘，更非仅仅是“修辞之章”，玩弄文字而已。还是郭茂倩说得好：“《名都》者，邯郸临淄之类也。以刺时人骑射之妙，游骋之乐，而无忧国之心也。”如果我们把《名都篇》和《白马篇》对照起来读，不难发现，在人物外在形象的表现手法方面，很有类似之处。《名都篇》主要是写京洛少年，开篇数句介绍了这些公子哥儿们的风姿，“宝剑直千金，被服丽且鲜”，和那“白马饰金羁，连翩西北驰”的游侠儿是大异其趣的。这些京洛少年驰骋京郊，是来斗鸡走马、射猎比艺、嬉戏玩乐。作者也生动地描绘了他们的箭术之精，“左挽因右发，一纵两禽连。余巧未及展，仰手接飞鸢”。这种近于夸张的描写，和《白马篇》中的“仰手接飞猱，俯身散马蹄”之类的描写是近似的。但是，写的是两种人物，便有两种情趣。写游侠儿的英姿，是为了突出他“捐躯赴国难”的高大形象；而写京洛少年的捷敏善射，则是为了揭示他们寻欢作乐、虚度时日的灵魂。因此，作品的后半段，就尽情表现出他们吃喝玩乐的生活：“归来宴平乐，美酒斗十千。脍鲤臇胎鰕，炮鳖炙熊蹯”。他们大吃大喝，击鞠壤游戏，在欢乐中度过了一天又一天。“白日西南驰，光景不可攀”，这是富有寓意的描写，光阴似箭，去不可留，本应寸阴是惜、奋发有为，可是这些京洛少年们，却只思及时行乐，一天过去了，第二天又“清晨复来还”。这些人除了追求享乐之外，脑子里根本就没有什么建功立业的观念，更谈不上“捐躯赴国难，视死忽如归”了。曹植对这些庸庸碌碌的京洛少年以及他们醉生梦死的生活，虽然没有给以正面的批判，但是，字里行间所表现出的讽刺意味，却发人深思，使人们对于这种生活产生厌恶。这种无言的批判，鞭辟入里，深得讽谕之旨。

这两篇作品在描写内容、人物形象和风格情趣方面，是迥然不同的，但是就其基本思想倾向来说，它们却是统一的。也可以说它们都出自曹植之手，在作者的笔下，同中有异，异中有同，一而二，二而一。《白马篇》是正面歌颂赞美，《名都篇》是从反面揭露讽刺，这是异，但无论是歌颂还是揭露，是赞美还是讽刺，都有一个共同的立足点，那就是激励人们奋发向上。它们从不同的角度，表现出曹植立志要“以功勤济国，辅主惠民”，而不甘心做“徒荣其躯而丰其体”的“圈牢之养物”的壮志豪情。这就是我们说这两篇作品虽然一美一刺，却殊途同归的理由。至于从语言文字、风格来说，这两篇作品都具有乐府诗的特色，时而平平叙述，时而夸张描写，文字华美多彩，气氛浓烈感人，所以沈德潜在肯定其思想内容的积极意义的同时，又指出：“《名都》《白马》二篇，敷陈藻彩，所谓修辞之章也。”[①]由此，我们也可以看到曹植作品中的“慷慨而多气”的风格，表现形式是多种多样的，有的是“壮言慷慨”，有的是哀怨婉转，有的表现在光彩照人的英雄形象中，有的则是隐寓于鲜艳夺目的美女闺情之后，而美刺讽谕，尽在其中。这种多样的统一，是曹植诗的风格特色，也是《白马篇》《名都篇》的特色。

---

① 《说诗晬语》。

『得鱼忘筌，得意忘言』

——审美意象

就心与物的关系来说，物是客观世界，心属主观精神，但心物相互感应，物被反映到头脑中，它就不再是客观的物自体，而是通过感觉成为表象，储存在头脑中。“诗人感物，联类不穷”，就是诗人有感于现实生活，头脑中获得种种表象，纷至沓来，产生创作冲动，再经过艺术加工，形成审美意象，并借助于语言文字把它表现出来。刘勰说：“然后玄解之宰，寻声律而定墨；独照之匠，窥意象而运斤。”[①] 这里说的意象，就是经过艺术构思后形成的审美意象。就诗人来说，他必须巧妙地运用语言文字把意象表现出来；就鉴赏者来说，又得通过语言文字之表，获得这审美意象，产生美感。所以，意象在诗词审美中，具有特殊重要的地位。意象不同于一般的表象，它具有更高的概括性和更丰富的内容，但是，它又保留了表象的具体直观的特点，成为鲜明的艺术形象。惟其如此，它才具有审美的价值，使人获得美感享受。

诗词审美意象，无论就作者或鉴赏者来说，都涉及言和意的关系问题，所以我国古代文学理论中，又有言意之辨和鱼筌之论。《庄子·外物》中说：“筌者所以在鱼，得鱼而忘筌。蹄者

---

① 《文心雕龙·神思》。

所以在兔，得兔而忘蹄。言者所以在意，得意而忘言。吾安得忘言之人而与之言哉。”王弼在《周易略例·明象》中也说：“夫象者出意者也，言者明象者也。尽意莫若象，尽象莫若言。”又说，“故言者所以明象，得象而忘言；象者所以存意，得意而忘象。犹蹄者所以在兔，得兔而忘蹄；筌者所以在鱼，得鱼而忘筌者也。”庄子和王弼谈的言和意以及言、象、意的关系，是就语言文字和思想内容的一般关系而言的，但是，在言和意之间又加了一个“象”，这就更合乎文学艺术借助于语言文字通过鲜明具体的形象去表现思想感情这一基本特征，同时也表明在文学艺术中意象的形成及其在审美中的重要性质。在诗歌创作中，意象的构成，更具有十分重要的美学意义。庄子谈到言→意两个层次，王弼则谈到言→象→意三个层次，都表明语言文字是明象出意的工具。作品中的意和象一旦表现出来之后，给人的审美感觉是完整的意象，而不再是个别的文字词语概念。反之，离开了语言文字工具，意象就不可能得到艺术的表现。所以，如何运用语言文字去表现意象，在文学创作中就具有特别的重要意义。刘勰说的“物沿耳目，而辞令管其枢机”[①]，正是强调了辞令在艺术表现中的重要作用。我国古代许多

① 《文心雕龙·神思》。

诗人为了很好地表现诗的意象，往往为一个字而反复推敲，就是由于这一个字关系到整个意境，首先是关系到意象能否获得完美的表现。“僧敲月下门”好，还是“僧推月下门”好？“春风又到江南岸”好，还是“春风又绿江南岸”好？“推”和“敲”，“到”和“绿”，虽是一字之差，却影响到全诗意象的表现。这些典故，大家早已熟知，下面我想再以“红杏枝头春意闹”和“云破月来花弄影”为例做进一步分析。

王国维在《人间词话》中，有这样一段著名的论述：“‘红杏枝头春意闹’，著一‘闹’字，而境界全出。‘云破月来花弄影’，著一‘弄’字，而境界全出矣。”许多论者谈诗词意境，多引此为例，并各有所发挥，然而，总觉得尚未尽如人意，特不避浅陋，聊陈臆说，以申余绪。

翻开字词工具书，“闹”和“弄”的字义是很平常的，在我们日常用语中，使用这两个字眼，似乎也没有多大特殊之处。例如热闹、胡闹、喧闹、玩弄、卖弄、里弄等等。但是，在宋祁的《玉楼春》和张先的《天仙子》中，这两个字却产生了一种不可思议的魔力，具有一种特异的艺术功能。在王国维之前，已有不少人注意评论到这两句词，大力加以赞誉，宋祁被称为“红杏枝头春意闹尚书”，而张先亦被称为“云破月来花弄影郎中”，然而，赞誉的人谁也没有说出这两句词究竟好在哪里。李渔对这两句有一点具体分析，认为“云破月来”句“词极尖新，而实为理之所有”，但“红杏枝头”句，“忽然加一‘闹’字，此语殊难着解”。他还进一步指责说：“予谓‘闹’极粗俗且听不入耳，非但不可加于此句，并不当见之诗词。”其实，李渔的肯定或否定，也未得要领，说明他对这两句词并没有真正理解。王国维根据诗词艺术境界的美学特征，点出“闹”“弄”二字在这两首词中的特殊作用，最先把这两个字和艺术境界联系起来考察，这的确是找到了打开奥秘的钥匙。

先说“闹”字。宋祁在《玉楼春》中写的是春景。春景是自然景物，但这种景物一旦使人感受到盎然春意时，它已不再是纯粹的客观自然之物，而是审美主体的主观意象，是建立在主客观统一基础上所产生的审美意象。我们要用语言文字把这种审美意象表现出来，就必须选择最能表现斯情斯景的字眼。春意，不是一种抽象的理性概念，因此，在艺术作品中，不能用逻辑推理去说明，但是，它也不像春风春鸟，红花绿柳那样具体，可以通过单一的视觉或听觉等感官去直接感触。因此，说春意浓、春意深、春意迷人、春意醉人，都不能表现出审美主体对春意的个体的综合感受。而宋祁则别开生面，用了一个“闹”字就把以春意为中心的整个艺术境界生动地渲染出来了。这首词的上片是这样写的：“东城渐觉风光好，縠皱波纹迎客棹。绿杨烟外晓寒轻，红杏枝头春意闹。”之所以说“著一‘闹’字，而境界全出”，就是因为这“闹”字和词的境界紧密联系在一起，才具有特殊的艺术魅力。这个字不是随便可下的，如果只是孤立地看“春意闹”三个字，也许读者就不能获得“闹”字所表现的整个境界。我们只有联系全词，前面的东城风光、荡漾春水、绿杨轻烟、红杏枝头，为盎然春意做了铺垫，所以，最后下一个“闹”字，才能整个境界生动地烘托出来。反过来说，如果仅只有前面的描写，而不用闹字形容春意，那么，这境界就不可能表现得那么具体生动，富有魅力。文字之妙，的确好像有一种神奇的魔力，这奥秘究竟何在？说穿了，其实也不神秘。闹字本身就有喧扰、热烈、嘈杂等等含义，都是用以形容有声、有色、有动态的事物和场景。春意而以闹字形容之，粗看似乎不合理，但是，艺术的想象和审美的特殊能力，则赋予这个字以特异的功能。春意是一种综合的感觉，也可以借用一下“感觉的复合”这个词来说明，而闹字，恰恰足以表现由多种感觉获得的意象所构成的复合的境界和气氛。

绿杨、轻烟、红杏……这些都是诉诸视觉的春天景物，呈现出生机勃勃、欣欣向荣的画面，这是“春意闹”的视觉意象。由绿杨、红杏等景物，使人联想到“柳浪闻莺”“好鸟枝头”之类的境界，好像听到蜜蜂在花丛中忙忙碌碌的嗡嗡声，从听觉上产生一种超出视觉画面之外的意象，我们通常称之为“象外之象”，这是听觉意象。而在触觉上，似乎还有“春江水暖”“乍暖乍寒”的感觉。这一切，都是构成春意所特有的感性材料。各种感觉的复合，才构成人们在主观上感受到的春意，这春意已不再是单纯的静物写生的画面，而是类似立体声电影给观众的那种身临其境的综合感受，给人以鸟语花香、万象更新的春天的浓烈气氛。只有闹字，才能表现出春意的生气和动态美；只有闹字，才能表现出春意的热烈、繁荣的气氛；也只有闹字，才能使人们调动各种感官的功能去感受春天之美。钱钟书先生在《通感》一文中以此为例，说明作者“想把事物的无声的姿态描绘成为像有声音，表示他们在视觉里仿佛获得了听觉的感受”。这种分析，深刻地揭示了审美活动的某些特征，是符合“春意闹”的实际的。

再说“弄”字，这个字在张先的笔下，是表现另一种境界，也只有在这一特定的境界中，它

清 龚贤《山水册页》

才能发挥出特有的表现力。张先写的也是春景，但和宋祁的《玉楼春》中那种生机勃勃的春景不同，他写的是“送春”之景，是伤春之情。“送春春去几时回？临明镜，伤流景，往事后期空记省。”“风不定，人初静。明日落红应满径。”这情景是伤感的，这境界是零落孤寂的。词中所写的景物，都著满了作为审美主体的作者的“午醉醒来愁未醒”这种感情色彩。这位充满心事的主人公，借酒浇愁，午醉醒来了，但愁绪未消，韶光易逝，春去匆匆，一天又过去了；晚上，春风春雨，可以想象明早起来，一定是落红满径了。

这是多么令人伤感的情景啊！正是在这种特定的情景下，作者才捕捉了“沙上并禽池上瞑，云破月来花弄影”这样一些具有象征性的自然景物形象，渲染出一种宁静而孤寂的气氛。这是一个暮春之夜，云层遮住月亮，昏昏濛濛，盛开的花朵，已无人来观赏。有时，月光破云而出，地上显出婆娑的花影，惜乎无人观赏，花儿也只好顾影自怜了。所有这些自然景物，都被作者人格化了。正如“感时花溅泪，恨别鸟惊心”，“泪眼问花花不语，乱红飞过秋千去”之类的诗词一样，作者力图使无知之物充满感情，使自然之物充满人的意趣，成为鲜明的意象。如何把这种意趣和意象表达出来呢？“云破月来花弄影”的弄字，就具有特殊的表现力。花是无知之物，然而它竟弄起影来了！“花弄影”给人的第一个感觉是优美的动态形象，花似乎变成一群在月光下翩翩起舞的仙女，这和苏轼《水调歌头》中的“起舞弄清影，何似在人间”的表现手法是极近似的。其次，“花弄影”还包含着一种无言的神情韵味，花不但人格化了，而且还充满生活的情趣，她们姿态百出，自得其乐。最后，我们还可以从中获得一种孤芳自赏的感觉，这和作者写这首词的心情是有联系的。他自己在词牌下题道：“时为嘉禾小体，以病眠，不赴府会。”看来，病眠是借口，“不赴府会”是真实意图，他厌恶俗务，孤高自傲，故对“云破月来花弄影”的意境有特殊的感受。这里的“花弄影”三字，不单纯是描写形态，也是传神。王介甫认为：“云破月来花弄影”不及李世荣的“朦胧淡月云来去”，这也是皮相之论，前人早已予以驳斥。王国维独具慧眼，认为“著一‘弄’字，而境界全出”，可谓是一语破的。

“闹”字和“弄”字，竟然具有这样大的魔力，产生那么强烈的艺术效果，关键在于它能使“境界全出”。由于一字之妙，能够把生动优美的意境表现出来，而读者在欣赏宋祁和张先的这两首词时所获得的美感，并不是“闹”和“弄”字的本身，而是由这两个字所引出来的整个审美意象，这就是“得鱼忘筌”“得意忘言”的真正美学内涵。严沧浪之所以强调诗要“不涉理路，不落言筌”，我想也就是这个道理。他所谓的“空中之音，相中之色，水中之月，镜中之象”，不就是诗歌表现出来的审美意象么？这些意象，自然是要靠诗的语言将以表现，读者也是要通过文字之表去感受这些意象，但是，一旦完整的审美意象在头脑中已经形成时，我们已进入“忘言”“忘筌”的艺术境界了。

『景者情之景，情者景之情』

——意境与情景

关于意境，已经有许多文章从理论上进行了阐述和探讨。尽管在理解上还有这样那样的分歧，但有一点是为大家所公认的：意境是我国古代具有民族特色的美学理论的基本范畴。

意境一词，作为我国古代审美理论的重要概念，它具有自己特定的内涵和外延，所以我们可以从严格的意义上和引申的意义上，做多方面的理解，也可以把它和西方的美学理论做比较研究，以求找到其中合乎艺术规律的、共同的理论。但是，我们又不能做简单的类比，因为意境这一概念是在我国古代文学艺术长期发展过程中形成的，它是我国古代文学艺术家们创作实践经验的总结，又是审美经验的概括。它和西方文艺理论中的典型形象概念有相通之处，但又不完全是一回事；它和康德说的“审美意象”、黑格尔说的“美就是理念的感性显现”[1]有类似之点，但又不尽相同。因此，对意境的理解，我们首先还是要从我国文学史的实际出发加以考察。

在我国古代文学理论中，意境一词就其内涵来说，比意象要丰富得多，它除了包括意与境、情与景、神与物等主观与客观两个方面的因素之

① 转引自朱光潜《西方美学史》（下册）。

外，还包括艺术氛围、神情韵味、言外之意、景外之景、象外之象等等因素。合而言之，意境是意与境浑、情景交融、神与物游所构成的艺术整体，是作品中的思想情趣和具体形象所构成的完美生动的艺术画面。王国维说："文学之事，其内足以摅己，而外足以感人者，意与境二者而已。"他把意境称之为"境界"。因此，我们在研究意境问题时，首先要从情与景、意与境的关系去探索，这是很自然的。但意境所涉及的问题，又不仅仅只是情与景、意与境的问题，就其外延来说，它和形象、风格以及美感等等问题都有关系，所以要彻底了解意境说的美学意义，又必须从多方面探讨。

我想，意境既然是我国古代审美理论的基本范畴，那么，除了从理论上去阐明它的美学意义之外，还应该从作品实际出发去领会其美学价值。这样，意境理论就不至于被弄得抽象神秘、扑朔迷离，也有助于提高我们的艺术鉴赏水平，对我们的创作实践，也会起到有益的借鉴作用。这里，我打算先谈谈有关意境中的情和景的关系问题。

把意境仅仅看作是情与景的简单结合，自然是不够的。意境这个概念的内容，比情景丰富得多，它不仅包括了情和景的因素，还包括思想意趣、审美意识以及艺术氛围等等，但是又不可否认，情和景是构成意境的两个最基本的元素，离开作家主观的感情和客观的景物，是不可能形成艺术作品的意境的。情与景，虽有在心、在物之分，而一旦形成作品中的意境，二者就有机地融合在一起。王夫之说："景者情之景，情者景之情。"① 这是对意境中的情景关系的最好说明。我们常说的景中有情，情中有景，情景交融，就是情与景的不可分割的关系。情意在我，属主观意识；景物在外，属客观事物。抽象的意和情，不能成为文艺作品中的意境，孤立自在的纯客观之物自身，也不能成为意境。意境应是情和景经过艺术加工后的巧妙的融合。我国古代诗词中的大量佳作，就是这样的作品。当然，用情景构成意境的表现手法，是多种多样的，有的以情为主，有的以景为主，有的是有情有景，浑然一体，各有特色。下面，试分别举例言之。

第一，有情有景，情景交融。

塞下秋来风景异，衡阳雁去无留意。四面边声连角起。千嶂里，长烟落日孤城闭。

---

① 《评岑参〈首春渭西郊行呈蓝田张二主簿〉》，《唐诗评选》第四卷。

浊酒一杯家万里，燕然未勒归无计。羌管悠悠霜满地。人不寐，将军白发征夫泪。

这首脍炙人口的词，是范仲淹的《渔家傲》。全词景情融合无间，构成一幅悲壮苍凉的边塞秋风图画，意境深远，气象壮美。这样的词，绝非单纯抒情写景之作可比。范仲淹身为宋王朝的陕西经略安抚招讨副使，身负保卫西北边陲重任，国家安危，一心所系，有忧国忧民之心，怀刻石燕然之志，亲历“千嶂里，长烟落日孤城闭”之景，才可能写出这样深沉激越之词，创造出这样苍凉悲壮的意境。以情景交融创造意境的写法，是我国古代诗歌的优秀传统，它能深化感情，又能使感情形象化，使意境具有强烈的艺术感染力，历千百年仍足以感发人心。

第二，以情为主，真切感人。

王国维说：“境非独谓景物也。喜、怒、哀、乐，亦人心中之一境界。故能写真景物、真感情者，谓之有境界。否则谓之无境界。”[①] 这种见解是很卓越的。写景写情，都贵在“真”字，如是，则以抒情为主，或以写景为主，俱可构成深远而

① 《人间词话》。

鲜明的意境。感情，是诗歌的生命。真挚的感情，才能使诗歌具有感发力量。当然，我们说的能感发人心的真感情，是指那种健康的、有教育意义的感情，如爱国主义的感情，追求光明、积极向上的感情，以及表现纯洁高尚情操的感情等等。我国文学史上的大量抒情诗，虽然不一定同时写景，但仍具有深远的意境，以特有的艺术力量感染读者，如南宋爱国诗人陆游的《示儿》：

死去原知万事空，但悲不见九州同。
王师北定中原日，家祭毋忘告乃翁。

虽然短短四句，但高度凝结了诗人的爱国主义感情。他眼看祖国南北分裂，忧心如焚，他渴望祖国统一，感情是那么执着，信念是那么坚定，诗的感情是炽热而悲痛的，意境是诚挚而深沉的。诗中没有托物寓志之辞，全是感情的直接倾诉，但感情本身就具有强烈的形象感染力，读者眼前呈现的是一位忧国忧民、忠贞不渝的爱国老人的形象。“喜、怒、哀、乐，亦人心中之一境界”，这里的关键就是要有人，感情是具体的，是活生生的人的感情，所以，直接抒情，也能表现出如闻其声、如见其人的艺术形象，构成生动感人的意境。陈子昂的“前不见古人，后不见来者。念天地之悠悠，独怆然而涕下”[1]之所以成为千古绝唱，亦在于作者高度概括了人们对人生的慨叹，把它作为自己的感受直接抒发出来。全诗一气呵成，悲凉慷慨，把读者引进一种深远阔大的境界之中。这类诗，不是抽象地发议论，而是有声有色地抒发内心的感情，词理意兴俱在其中，构成具有艺术感染力的意境。

第三，以景为主，寓情于景。

这类作品从外表看来，主要是写景，但是在景中却深深地蕴藏着作者内在的感情。王国维说：“昔人论诗词，有景语、情语之别。不知一切景语，皆情语也。”说一切景语都是情语，那倒是未必，但有的景语，的确是情语，只不过情在景内，慢慢领略，方能得其神韵。创造以景为主的意境，也有各种表现手法。有许多诗词，通篇以写景为主，只在开头或在篇末用一两句画龙点睛，点出情景，使得所写之景，都具有感情色彩。下面我们来看看马致远的散曲《天净沙》：

枯藤老树昏鸦，小桥流水人家，古道西风瘦马。夕阳西下，断肠人在天涯。

① 《登幽州台歌》。

大家都认为这支曲子的妙处，就在于作者不用连接词而一口气罗列了十种景物，构成一幅荒凉寂寞的风景画，但是，这只说了整个意境的形象性一方面。其实，“断肠人在天涯”一句，才把整个意境点了出来，所有的自然景物都好像为“断肠人”的心情而设，所有的景物又都好像是“断肠人”的主观感情的外射。在这里，主观的情仍然是构成艺术意境的主要因素，否则，这些自然景物，都缺乏艺术生命。另一位元杂剧作家白朴也写了一首《天净沙》：

孤村落日残霞，轻烟老树寒鸦，一点飞鸿影下。青山绿水，白草红叶黄花。

这里也一连串罗列了十二种自然景物，也构成一幅荒凉、萧瑟的风景图，但是这些景物的表象，缺乏深远感人的意境，关键在于这境中没有人，也就是说没有动人心弦的感情。《文镜秘府论》说到文意时，认为诗应该是物色兼意兴，“若有物色，无意兴，虽巧亦无处用之”。只有物色而无意兴，只有景而没有情，那么，这物色和景，都“无安身处”。所谓“无安身处”，大概也就是没有意境了吧？

当然这并不是说凡写景都必须以一二情语去

画龙点睛，方成意境；也不是说，全写景就必然不可能形成意境。有不少名作，尽是写景，但意趣盎然，表现出优美的意境，如王维的五言绝句《山中》：

荆溪白石出，天寒红叶稀。
山路元无雨，空翠湿人衣。

这首诗写的是山中秋景，即目所见，景物逼真：荆溪中露出白石，天冷了，树上的红叶也稀少了。行走在山路中本来没有雨，但山色青翠欲滴，使人感到衣服似乎也潮湿了。通篇写景，整

元 黄公望《富春山居图》（局部）

个意境突出了“寒”字和“空”字，“一叶落而知秋”，何况红叶已经稀少了，足见秋山萧瑟之气；山中深秋，寒意逼人，空翠湿衣，更增其寒。“湿人衣”本是一种主观感受，是由“空翠”引起的，也可以说是见色而觉湿的通感作用。而所有这些景物描写，集中起来，表现出一种极其幽静的意境，这都是王维所追求的静境，反映出作者的主观思想意趣。从这个意义上说，《山中》一诗也是“情之景”，充分体现出作者主观审美意趣。

第四，有我之境与无我之境。

这是王国维提出来的两种艺术境界，也即是两种不同的意境。由于王国维把无我之境说得太神秘了一些，所以引起一些误解和非难。其实，这和我们前面谈的以情为主和以景为主的区别差不多。他只不过想用以说明在诗歌创作中，有的主观感情色彩鲜明强烈，而有的把感情隐藏在景物描写之中，含而不露。绝对的“无我”之境是没有的。区分这两种境界（意境），对认识审美对象的美学特征、提高人们的鉴赏水平是必要的。有我之境，一般比较易于识别，照王国维的解释，就是“以我观物，故物皆著我之色彩”。他举了冯延巳《鹊踏枝》中的“泪眼问花花不语，乱红飞过秋千去”为例，这是很明显的。我们不妨再以杜甫的《春望》为例来看看：

国破山河在，城春草木深。
感时花溅泪，恨别鸟惊心。
烽火连三月，家书抵万金。
白头搔更短，浑欲不胜簪。

此诗的意境是不难把握的，其感情的深度和广度，令人体味不尽。杜甫的国破家亡之痛、怀乡心情之切，溢于言表。带着这种感情去观物，连花鸟也变为有情之物了。这种移情作用，在我们日常生活中有，而在艺术中则获得更集中的表现。这是一种特殊的审美心理活动，也是我们研究艺术规律的一个不可忽视的方面。有我之境，一般说来，主观感情成分是比较强烈的，而这种感情又通过比兴手法，和客观景物结合起来，把主观感情移到客观景物上面。“登山则情满于山，观海则意溢于海”，大概就是创作有我之境的普遍现象吧！

说到无我之境，王国维认为其特点是“以物观物，故不知何者为我，何者为物”。过去，我对王国维的这种看法也提出过批评，我把他和宋理学家邵雍的“以物观物，性也”之说联系起来，认为这是近乎直觉主义的认识论。我想，就王国维的整个哲学思想来说，做这样的分析恐怕还是可以的，但仅就艺术境界的“无我之境”来说，则应肯定王氏之论有合理之处。“无我”并不是绝对离开作为主体的人的思想感情，只不过是说作家把主观意识，完全融会于客观景物之中、表现在作品的意境中，则主观色彩几近于无。对客观景物也不是着意描绘，只是在有意无意间，作为一种直观观照的现象而呈现于眼前，所以说“不知何者为我，何者为物”。这种被认为是物我两忘的境界，实际上是一种极其宁静、恬淡的思想意趣的形象表现。这种意境中的“我”，似乎是一个无欲无念的我，其实，他所表现出来的个性特征和情调倒是很鲜明的。王国维认为陶渊明《饮酒》诗中写的“采菊东篱下，悠然见南山。山气日夕佳，飞鸟相与还”，那种境界，就是“无我之境”。这是由于陶渊明力图从主观上超脱现象，想要做到“心远地自偏”。诗中表现出忘我忘物、悠然自得的意趣，不正是作者的自我表现吗？其实这种所谓“无我之境”，在李白的诗中也是有的。“众鸟高飞尽，孤云独去闲。相看两不厌，只有敬亭山。”[①] 众鸟自由地飞翔，孤云无目的地飘忽于天际，大自然是那么宁静、和谐，究竟是人在看敬亭山，还是敬亭山在看人？看来，

---

① 《独坐敬亭山》。

我已物化，物已人格化，物我之间，已无区别了。这种艺术境界和审美情趣是存在的，大概许多人（不只是士大夫文人吧？）在某些时候也还是喜欢从这样的境界中获得美感的。只要我们不要把“无我”信以为真，不要幻想从这种境界中寻找超现实之路，那么，就不必硬把“脱离现实”“剥削阶级的闲情逸趣”之类的罪名加给这些作品。

综上所述，我们可以初步得出这样的一个印象：无论是“有我之境”还是“无我之境”，都离不开情与景两种基本因素，有时情隐而景显，有时情显而景匿，但最终还是二者的结合，才成为意境。《文镜秘府论》谈“景入理势”时说：“诗一向言意，则不清及无味；一向言景，亦无味。事须景与意兼始好。”大概也就是这个意思吧！

『诗传画外意，贵有画中态』

——意境与形象

诗歌和小说不同，小说可以通过多方面细节描写，塑造出典型人物，但诗歌由于体裁的限制，很难做到这一点。即使是叙事长诗，也无法像小说那样去细致地描写人物形象，抒情咏物小诗更是如此。但是，诗歌与小说，又都是文学作品，都具有鲜明的、形象性的特点。小说中也有意境，但它以塑造典型人物为主；诗词中也有人和物的形象，但它主要是创造优美的意境。无论是哪种情况，艺术意境总是以鲜明的形象性为主要特征，反过来说，离开了具体形象的特点，就不成其为艺术意境。王弼也懂得“尽意莫若象”这个道理，诗词意境更是离不开“象”的，否则就是抽象的逻辑概念，不能给人以美感。晁以道在《和苏翰林题李甲画雁》诗中说：“画写物外形，要物形不改。诗传画外意，贵有画中态。”我们平常也说：“诗中有画，画中有诗。”这都可以说是道出了诗词意境形象化的真谛，所以，我国古代诗词创作和鉴赏，都十分重视意境的形象化。诗词意境的形象特征是多种多样的：有的表现为多种意象组合的综合画面，有的表现为栩栩如生的物象神态，有的表现为人物的神情意态，有的表现为饶有风趣的妙语连珠。如此种种，丰富多彩。

我国古代诗词中，山水诗占有相当的分量，即使不专写山水，也多借大自然景物来抒情言志，

宋 佚名《观瀑图》

故诗人们几乎是无一例外地，喜欢借助大自然的形象，去表现深远广阔的意境。在这方面，我国古代许多诗人可以说是运用自如而得心应手的：“潮平两岸阔，风正一帆悬。海日生残夜，江春入旧年。”这是唐代诗人王湾的《次北固山下》的名句，写作者行舟长江途中的乡愁、沿途即目所见的自然景物，无一不鲜明如画而意境深远。至如：王维的“江流天地外，山色有无中。郡邑浮前浦，波澜动远空”[①]，孟浩然的“八月湖水平，涵虚混太清。气蒸云梦泽，波撼岳阳城”[②]，杜甫的“细草微风岸，危樯独夜舟。星垂平野阔，月涌大江流”[③]等等，无一不把作者胸襟怀抱、思绪愁肠，融注在大自然景物之中，使作品的意境得到形象生动的表现。这里，我们再来欣赏李白的两首短诗：

天门中断楚江开，碧水东流至此回。
两岸青山相对出，孤帆一片日边来。
——《望天门山》

日照香炉生紫烟，遥看瀑布挂前川。
飞流直下三千尺，疑是银河落九天。
——《望庐山瀑布》

这都是写自然景物的诗，形象是很鲜明的，可以说就是两幅画。第一首境界十分开阔，气势也很雄浑，“天门中断”，形容楚江奔流的气势，使人感到一种不可阻挡的力量，以至于把高山也冲断，向东奔流而去。两岸青山对峙，送走东流碧水，一片孤帆从远处飘来又向远处飘走。这种

① 《汉江临眺》。
② 《临洞庭上张丞相》。
③ 《旅夜书怀》。

景致，如李白心胸那样开阔旷达、飘逸不羁。这是李白心目中的天门山，所写的景已不是客观自然之物，而是经过作者主观的三棱镜所反映出来的意象，作者已给它注入了生命。第二首诗的境界则显得十分雄伟壮观，作者给飞流直下的瀑布以美妙的想象和形容，倾注了对祖国壮丽山川的热爱之情。这类写景诗的意境，给我们的审美感受，不是某种情绪的直接传达，而是透过鲜明生动的景物形象，去感受一种内在的意趣。这种意趣可以看作是一种旷达胸襟的寄托，也可能是对生命力的发现，可以是对自然奇观的赞美，也可以是对某种向上精神的向往和追求。这里，我们不由得又想到北齐斛律金的《敕勒歌》："敕勒川，阴山下，天似穹庐，笼盖四野。天苍苍，野茫茫，风吹草低见牛羊。"这样的写景诗，其中没有一句情语，全是即目所见的自然景物，自然天成，无半点人工雕琢的痕迹。王国维称赞说："写景如此，方为不隔。"就是说其形象鲜明，一目了然，读者通过对形象的直观感受，可以领会诗中的意境。那绿草如茵的大草原，一眼望不到边，天似穹庐，苍苍茫茫，充分显示出草原人民对他们所生活的土地的赞美和热爱。"风吹草低见牛羊"，更表现出草原主人们的喜悦心情。这首诗是一幅优美的草原放牧图，确乎具有生动的"画中态"，但同时又表现出深远的意境，传出了画外之意。

通过对自然景物的描写，表现出思想深刻、感情诚挚而又形象鲜明的意境，在一些散文作品中，也不乏其例。这些作品的文字优美，具有诗的特点，可以称之为散文诗，例如王勃的《滕王阁序》就是如此。这是一篇叙事、抒情、写景综合的散文（骈体），其中写景之笔，形象生动，完全是一种诗的语言。“时维九月，序属三秋；潦水尽而寒潭清，烟光凝而暮山紫。”“落霞与孤鹜齐飞，秋水共长天一色。”“渔舟唱晚，响穷彭蠡之滨；雁阵惊寒，声断衡阳之浦。”这些生动的描写，使得全文情景交融，沉郁苍凉，加强了意境的感染力。又如著名的《岳阳楼记》（范仲淹）、《秋声赋》（欧阳修）、《前赤壁赋》（苏轼）等等，都是抒情写景的佳作，也都具有类似特点，让我们来欣赏《岳阳楼记》中的一段描写吧：

若夫霪雨霏霏，连月不开，阴风怒号，浊浪排空；日星隐曜，山岳潜形；商旅不行，樯倾楫摧；薄暮冥冥，虎啸猿啼。……至若春和景明，波澜不惊，上下天光，一碧万顷；沙鸥翔集，锦鳞游泳；岸芷汀兰，郁郁青青。而或长烟一空，皓月千里；浮光跃金，静影沉璧，渔歌互答，此乐何极！

这里写洞庭湖的阴雨风云，令人惊心动魄，产生“满目萧然，感极而悲”之情；写春天景色，则一片晴朗和谐，使人感到心旷神怡，喜气洋洋。文章最后归结到“先天下之忧而忧，后天下之乐而乐”这一崇高的思想境界，画龙点睛，使全文构成了一幅完整的、形象的、具有深刻思想意义的意境。寓情于景，故意境具体生动；情景交融，故意境深远而不流于浮泛。这样的文章妙笔，实在是值得我们借鉴的。

我国古代诗词中，有相当一部分被称为咏物诗，其特点是托物言志，例如写花鸟、文具、器皿等等，而其中又以写鸟兽鱼虫、花卉草木者最多。这些诗，多喜追求形象之生动逼真，意态神韵之活泼感人，使无知之物具有情思，使无生命之物具有生命。刘熙载在《艺概·赋概》中说：

在外者物色，在我者生意，二者相摩相盈而赋出焉。若与自家生意无相入处，则物色只成闲事，志士遑问及乎？

写赋如此，写诗亦然，关键就在于“生意”

二字，而景物要有生意，主要是靠审美主体的主观精神和思想意趣所赋予的。由于艺术审美心理活动中的移情作用，作为审美对象的物，已不是客观自在之物，而是作家和鉴赏者头脑中的意象，所以，客观之物一旦在诗歌中获得艺术的表现就更具有鲜明的形象性，表现出优美的意境。咏物诗很多，在杜甫笔下，有咏马者，有咏鹰者，也有题桃赞松者。其咏马者如《房兵曹胡马》：

胡马大宛名，锋棱瘦骨成。
竹批双耳峻，风入四蹄轻。
所向无空阔，真堪托死生。
骁腾有如此，万里可横行。

写的是马，但不是一般的马，而是富有生意的千里马，是一匹可横行万里而托以死生的骏马，作者以极大的热情赋予理想和希望。与其说是写马，不如说也是写人，表现人的心胸，赞颂人的风骨。诗的意境是深邃的，而表现为马的形象，则又是那么鲜明生动："竹批""风入"句，把骏马驰骋时的雄姿和速度，写得那么生动逼真，故贺黄公在《载酒园诗话》中说："咏物诗惟精切乃佳，如少陵之咏马咏鹰，虽写生者不能到"。的确，杜诗中写的胡马，既"传画外意"，又"有画中态"，因而使人觉得真切动人。

咏物诗要有生意，就是要移情于物，使之人格化，既要有深情厚意，又要传神写照，栩栩如生，风韵动人。就以咏梅诗来说吧，诗人们常把它作为孤傲而高洁的品格的象征，在梅花的形象中寄寓某种人格精神。早在南朝刘宋时代诗人鲍照的《梅花落》中，就有“念其霜中能作花，露中能作实”的赞美。北宋诗人林逋又有“疏影横斜水清浅，暗香浮动月黄昏”①的描写，极尽梅花清高幽香的神韵。南宋爱国诗人陆游也喜欢咏梅，但又另具一种意境。其《落梅》诗云：“雪虐风饕愈凛然，花中气节最高坚。过时自合飘零去，耻向东君更乞怜。”这里，集中歌颂了梅花的凛然气节，无疑也是陆游自我人格精神的表达。然而，这首诗的意境，以说理的方式表现为主，故其形象比起他的词《卜算子·咏梅》来是要略逊一筹。请看《卜算子》：

驿外断桥边，寂寞开无主。已是黄昏独自愁，更著风和雨。

无意苦争春，一任群芳妒。零落成泥碾作尘，只有香如故。

这首词的意境是很深沉的，表现出作者对现

① 《山园小梅》。

实、对人生、对自我的极其复杂的思想感情：风风雨雨，世道艰险，洁身自好，寂寞无主。无意争春而愁肠未断，任人嫉妒却孤芳自怜。这种藕断丝连、曲折缠绵的感情，是作者在人生道路上种种坎坷遭遇的反映，是既不能兼济天下，也难以独善其身的无可奈何的情绪的流露。然而，无论如何，作者保持自身节操的信念、“零落成泥碾作尘，只有香如故”的精神，总是会激荡读者的心灵的。作者在词中是用娓娓叙述的方式去写梅，而不是用夸饰的手法，但是，人格化了的梅的形象，则是非常鲜明的，词的意境所蕴涵的思想感情，是形象化了的。读者似乎身临断桥边寂寞黄昏之境，接受到风风雨雨的侵凌，体验到因饱经风雨、受排挤嫉妒所引起的脉脉愁绪。可见，诗词意境的感染力量，除思想内容因素之外，在很大程度上还取决于形象的艺术魅力。

意境的形象性，有的作品不是通过写景来表现，而是用人物的形象素描，或用对话和动作，勾画出人物的思想、感情和神情意态，使得作品的深远意境，通过鲜明生动的人物形象，得到充分的表现。王昌龄有一首《采莲曲》写道：

荷叶罗裙一色裁，芙蓉向脸两边开。
乱入池中看不见，闻歌始觉有人来。

可以说这是一幅极其生动的美人画，背景是荷池、荷叶、荷花，但是文字比色彩更鲜艳，有它特殊的妙趣。荷叶是绿的，罗裙也是绿的，所以说是一色裁。采莲女健美的脸庞，和荷花一样美，远远看去，也分辨不出是荷花还是人面了。荷叶像罗裙那样好像是裁出来的，人面如荷花一样正在盛开，因此“乱入池中”就分不出哪是花哪是人了。荷花被人格化了，采莲女被美化了。这里，我们很自然地会想起庾子山在《梁东宫行雨山铭》中写的“草绿衫同，花红面似”之句，和牛希济的“记得绿罗裙，处处怜芳草”、崔护的“去年今日此门中，人面桃花相映红”等类诗句。这些比喻都各有特色，但毕竟显得浅露一些，不像王昌龄写的生动、优美而又清新别致。就意境而言，王昌龄的诗确是有景外之景、象外之象，使人觉得清新健美、意趣横生，称得上是传神之笔。

杜牧的《秋夕》也是写妇女形象的，但却是另外一种写法。主要是通过人物行动的一两个典型细节去表现：

银烛秋光冷画屏，轻罗小扇扑流萤。
天阶夜色凉如水，卧看牵牛织女星。

这首诗既写人也写景，但写景是衬托，写人是中心，也可以说是写了比较典型的环境中的典型人物性格。四句诗二十八个字，当然不可能有细节描写，但是按照我国传统的传神写意的表现方法来说，人物已被表现得气韵生动、活灵活现了。蘅塘退士评这首诗说："层层布景，是一幅着色人物画，只'卧看'二字，逗出情思，便通身灵活。"这分析是中肯的。这首诗的特点是，不正面写宫女的情思，但满腹情思却溢于言意之表。封建社会里的宫廷，在表面繁华的背后，却是冷酷的牢笼，成千上万的年轻宫女被禁锢在宫廷中，青春慢慢地在消逝。她们所生活的深宫内院，虽有银烛画屏，然而却是那么阴森冷酷，在清凉如水的秋夜，她们百无聊赖，只好以小扇扑打流萤来消磨时日。"卧看牵牛织女星"，进一步暗示出年轻美丽的宫女的满腹愁肠和怨尤之情。不言怨而怨深，不言愁而愁见，含蓄蕴藉，意境深沉，所以，曾季狸在《艇斋诗话》中说："小杜秋夜词……含蓄有思致。星象甚多，而独言牛女，此所以见其为宫词也"。类似的写法，如刘禹锡的《春词》："新妆宜面下朱楼，深锁春光一院愁，行到中庭数花朵，蜻蜓飞上玉搔头。"一写秋光，一写春光，但神情风韵，十分类似，艺术构思和意境也很相近，在我国古代诗词中，独具特色。

还有一种写法，就是通过具有个性特征的语言对话，表现出人物的思想感情和对事物的主观感受，使深刻的意境得到形象的表现。李清照的《如梦令》在这一点上是别开生面的：

昨夜雨疏风骤，浓睡不消残酒。试问卷帘人，却道海棠依旧。知否，知否？应是绿肥红瘦。

词中的主人公是作者本人，也就是李清照的惆怅、伤感的形象。她借酒浇愁，度过雨疏风骤之夜，自伤身世的不幸，因此就联想到，历尽风雨，花已凋零了，她的主观感受就是落红满地的景象。当她第二天早上起来，向卷帘的使女询问风雨后的情况时，使女回答“海棠依旧”。究竟这是外界景物的真实情况，还是使女想当然的回答，我们不得而知，但是这回答是不符合主人公的主观感受的，因此她毫不犹豫地断定：“应是绿肥红瘦。”就是说红花将落尽，剩下的是绿叶了。“知否，知否？”是反问句，语气是非常肯定的，它加重了主人公主观感情中的惜花伤春的成分。这样简单的对话，富有感情色彩，使主人公的形象具有鲜明的个性特征。词的内容，固然是属于个人小天地里的伤感情调，但它表现的感情之真挚，表现手法的特殊以及意境之深沉，在艺术上都是有独到之处的。

以上种种，都说明一个道理：艺术意境的深浅，和哲学理论水平的高低是不同的。理论以逻辑概念的形式出现，可以引起人们沿着它的逻辑线索进一步思考，但艺术意境是以形象的形式出现，它唤起读者的艺术想象，引起象外之象、景外之景的审美感受，所以，形象性在诗词意境中，具有特殊、重要的意义。王国维论境界，提出“有我之境”“无我之境”“造境”“写景”“隔”与“不隔”等等理论，都充分体现出意境的形象化这一特点，这对我国古代意境理论的发展来说，是独具慧眼的。

『蓝田日暖，良玉生烟』

——意境与想象

想象是文艺创作的翅膀，也是艺术鉴赏和审美的不可缺少的重要条件。没有丰富的想象，不可能创作出具有优美意境的作品，而只有具有优美意境的文艺作品，才可能唤起读者的丰富想象并获得美的感受。陆机早已指出，创作构思可以“精骛八极，心游万仞”[①]。刘勰也说：“文之思也，其神远矣。故寂然凝虑，思接千载；悄焉动容，视通万里。吟咏之间，吐纳珠玉之声；眉睫之前，卷舒风云之色。”[②]这里所描写的就是艺术构思中想象的神奇作用。艺术想象可以“接千载”“通万里”，不受时间、空间的限制，这就有可能使艺术意境具有无限广阔的天地和无限丰富的内容，也才有可能使鉴赏者获得无限的美感享受，余味无穷。司空图在《与极浦书》中引戴容州的话说：“诗家之景，如蓝田日暖，良玉生烟，可望而不可置于眉睫之前也。”诗词意境的妙处，犹如“蓝田日暖，良玉生烟”，可望而不可及，只有凭艺术想象，才可能产生所谓“言外之意”“景外之景”“象外之象”。

意境唤起读者的艺术想象，和文艺的形象性有密切关系。艺术想象，不是三段论法的抽象推理，而是通过具体形象引起的生动的联想。刘勰

---

① 《文赋》。
② 《文心雕龙·神思》。

说："是以诗人感物，联类不穷；流连万象之际，沉吟视听之区。写气图貌，既随物以宛转，属采附声，亦与心而徘徊。"[①] 这是对艺术想象和联想的很生动的描写。它说明意境的深度和具体生动的程度，在很大程度上取决于艺术想象和联想的丰富性。在我国古代诗词中，运用丰富的想象能力，创造优美意境的方法是多种多样的，比较常见的有：

第一，奇妙的幻想，能唤起人们丰富的想象，使意境具有浓厚的浪漫主义色彩和引人入胜的艺术魅力。我国古代伟大诗人屈原、李白、李贺等人的很多作品，就具有这种特点。屈原在《天问》中的奇异的想象，自不必说，就是在其他作品中，也常常用美妙的幻想把读者带进瑰丽多姿、色彩斑斓的境界中：

朝发轫于苍梧兮，夕余至乎县圃。
欲少留此灵琐兮，日忽忽其将暮。
吾令羲和弭节兮，望崦嵫而勿迫。
路漫漫其修远兮，吾将上下而求索。
饮余马于咸池兮，总余辔乎扶桑。
折若木以拂日兮，聊逍遥以相羊。

① 《文心雕龙·物色》。

前望舒使先驱兮，后飞廉使奔属。
鸾皇为余先戒兮，雷师告余以未具。
吾令凤鸟飞腾兮，继之以日夜。
飘风屯其相离兮，帅云霓而来御。

以上是从《离骚》中摘引的一段。屈原在诗中，抒发了他对黑暗现实的强烈不满，并执着地为自己的理想而上下求索。诗人展开想象的翅膀，飞向神仙之所居，把读者带到一个光怪陆离的神

清 龚贤《山水册页》

话世界，象征着屈原追求理想的坚定精神。然而，他的理想并没有实现，理想中的天国也没有向他敞开大门，他最后只好发出“世溷浊而不分兮，好蔽美而嫉妒”的感叹。这种具有浪漫主义色彩的艺术境界，在李白的诗作中也是不乏其例的。《梦游天姥吟留别》是有代表性的一篇。作者假托梦境所见，刻画了青冥浩荡、日月照耀、神仙罗列、虎鼓鸾车这样一个奇异的洞天福地。这是李白想象中的神仙世界，也是他理想中的自由自在的极乐世界。“安能摧眉折腰事权贵，使我不得开心颜”，这就是李白创作出这瑰丽的幻想境界的思想基础。

大胆幻想，在李贺诗中尤为突出，神仙鬼怪，自然现象，俱可以带着神奇瑰丽的色彩，进入李贺的笔下，构成具有象征性的意境。《梦天》一诗，可代表他的风格：

老兔寒蟾泣天色，云楼半开壁斜白。
玉轮轧露湿团光，鸾佩相逢桂香陌。
黄尘清水三山下，更变千年如走马。
遥望齐州九点烟，一泓海水杯中泻。

作者梦游月宫，这完全是一种幻想，月宫的凄凉景色以及老兔寒蟾的形象，都是人们凭想象创造的。但是，作者的想象并不是为了逃避人世而躲入月宫，而是假想身居月宫来俯瞰大地，在宏观宇宙之间，地球也显得渺小了；沧海桑田的变化，就亿万年的时间长河来说，也只不过是短暂的现象。读此诗，使人感到心胸开阔，神情旷达，总览人生，包罗宇宙，进入一个缥缈无际的艺术境界。

第二，艺术的夸张，也有助于想象力的发挥，使意境更具有强烈的艺术力量。艺术夸张，就现实生活本身的事实来说，它可能不是真实的，甚至是违反生活常理的，但从艺术角度来看，它却是真实的。它可以构成使读者信以为真的意境，它可以增加意境的深度和广度，强化意境的艺术感染力。刘勰在论“夸饰”问题时就已指出：“文辞所被，夸饰恒存。”他从儒家经籍中举了很多例子，例如“嵩高维岳，峻极于天”①，“谁谓河广，曾不容刀”②，“周余黎民，靡有孑遗”③等等，又如形容洪水则云“浩浩滔天”④，形容战争死人众多，则云“血流漂杵”⑤。刘勰认为这些夸张的描写，不但无损于内容，反而加强了思想内容的艺术表现力。孟子有个学生名叫咸丘蒙的，

---

① 《诗经·大雅·嵩高》。
② 《诗经·卫风·河广》。
③ 《诗经·小雅·云汉》。
④⑤ 《尚书》。

大概是不大懂艺术特征，他分析诗不是从诗的思想意义和整个意境去理解，而是望文生义，停留在字句的表面。所以孟子告诫他说："故说诗者，不以文害辞，不以辞害志；以意逆志，是为得之。如以辞而矣，《云汉》之诗曰：'周余黎民，靡有孑遗。'信斯言也，是周无遗民也。"[①] 孟子懂得，夸张描写是容许的，要从思想意义上去理解，不能断章取义，停留在字面上。

在诗词中，很多艺术夸张的描写能充分激发起人们的想象能力，进入一种奇妙的艺术境界。李白《秋浦歌》中的"白发三千丈，缘愁似个长。不知明镜里，何处得秋霜"，这是大家所熟悉的诗句，白发怎么会有三千丈呢？但是读这首诗的人，想来也不会去指责这是李白的无知，因为读者所领会的意境，是那千丝万缕的愁思，是那白发如秋霜的形象。白发是主人公无限愁苦的结果，三千丈是夸张描写，以表现愁思不尽。作者不用逻辑推理，也不要科学的解说，而是通过形象直接进入艺术意境之中，使"愁"字获得强烈的气氛，产生特殊的艺术效果，这难道不是艺术夸张的妙用吗？再如李白的《蜀道难》，也是运用艺术夸张的名篇。为了形容蜀道之险，作者充分运

① 《孟子·万章》。

用了艺术夸张的手法，一开始就渲染了一种惊险的气氛："噫吁戏，危乎高哉！蜀道之难，难于上青天。"接着用了一连串描写："西当太白有鸟道，可以横绝峨眉巅。""黄鹤之飞尚不过，猿猱欲度愁攀缘。""扪参历井抑胁息，以手抚膺坐长叹。""连峰去天不盈尺，枯松倒挂倚绝壁。飞湍瀑流争喧豗，砯崖转石万壑雷。"这些夸张的描写，直接唤起读者的想象，使人如身临其境，感到惊心动魄，进入一种千难万险的境界。

第三，比兴寄托，也是诗词创作常用的手法。它最能引起读者的联想和想象，增进意境的深度和广度。寄托，就是要在有限的文字中，含有无穷之意、无限之情，意在言外，读之令人浮想联翩，玩味不尽。寄托有种种方式，有托物言志者，有借古讽今者，有感时伤世者，有指桑骂槐者，嬉笑怒骂，皆有寄托。

朱雀桥边野草花，乌衣巷口夕阳斜。
旧时王谢堂前燕，飞入寻常百姓家。

这是刘禹锡著名的七言绝句《乌衣巷》。从字面看，头两句是写景，后两句是指事，也无甚稀罕之处，但是，当我们把全诗联系起来，作为一个整体去领会，就会由表及里，进入极其深层的意境之中。乌衣巷是晋代王、谢两大世族居住的地方，朱雀桥是六朝都城（今南京市）正南门（朱雀门）外的一座大桥。在晋代，这里有极其繁华的贵族宅第，但到刘禹锡的时代，王、谢贵族大家的华丽府邸，已变为废墟，朱雀桥边只剩野草闲花，夕阳下显得一片荒凉。几家普通老百姓的住宅，虽然也有燕子来筑巢，但已不再是当年的高楼大厦了。这里饱含作者对人世沧桑变化的感慨，暗示作者对那些骄奢淫逸的封建豪门贵族的鞭笞和讽刺，寄托作者对现实的不满和愤懑，具有深刻的思想性。在我国古代诗词中，这种怀古以抒情、托物以寄志的作品是很多的，其特点是婉转含蓄，意在言外，足以引发读者的联想和想象。正如叶燮在《原诗》中说的："诗之至处，妙在含蓄无垠，思致微缈，其寄托在可言不可言之间，其旨归在可解不可解之会，言在此而意在彼。"这样的作品，可以"引人于冥漠恍惚之境"。这样，读者的想象才有任意驰骋的广阔天地，从作品中所感受到的东西，比文字表面的东西要深刻得多、丰富得多。

至于比兴，更是引起人们联想和想象的重要手段，诗词意境的构成，也多借助于比兴手法。所谓"比兴"，分而言之，比就是比喻，朱熹在《诗集传》中说："比者，以彼物比此物也。"兴是起兴，有引首、发端的作用。朱熹说："兴，先言他物以引起所咏之词也。"但是，比和兴有时很难区分，只不过比喻一般比较明显，而起兴则往往是暗示、启发，但二者都引起人们的联想，所以，在古代诗词中，往往是比兴合用，称为比兴手法。"诗""骚"中运用比兴手法的作品很多，所写的风花雪月、香草美人，都有比兴之义，后世之诗词中，比兴之作，亦常见不鲜。"薤上露，何易晞。露晞明朝更复落，人死一去何时归？"①"鰕䱇游潢潦，不知江海流。燕雀戏藩柴，安识鸿鹄游。"②"亭亭山上松，瑟瑟谷中风。风声一何盛，松枝一何劲。冰霜正惨凄，终岁常端正。岂不罹凝寒，松柏有本性。"③由朝露易晞而联想到人生短暂；用鰕䱇燕雀比喻目光短浅、胸无大志的利禄小人。用松柏去比喻人的坚毅高尚的气节，使人联想到那种凌霜傲雪、强劲挺拔的高风亮节。又如王维的《相思》："红豆生南国，春来发几枝？愿君多采撷，此物最相思。"文字表面是咏红豆，实际上是咏人，以红豆又名相思子起兴，抒发怀人相思之情。再如李煜的词《相见欢》中的"自是人生长恨水长东"，以江水东流来比喻已一去不复返的过去生活。由于这种比兴

---

① 《乐府歌辞·薤露行》。
② 曹植《鰕䱇篇》。
③ 刘桢《赠从弟》三首之二。

手法可以引起读者对人生的种种联想和想象，也可以启发读者根据个人的经历，对人生获得种种不同的感受，这样，作品的意境和所包含的思想意义也就更为深远了。

『此中有真意，欲辨已忘言』

——审美意趣

清 石涛《渊明诗意册页》

陶渊明《饮酒》诗第五首写道：

结庐在人境，而无车马喧。
问君何能尔？心远地自偏。
采菊东篱下，悠然见南山。
山气日夕佳，飞鸟相与还。
此中有真意，欲辨已忘言。

诗中说的“真意”，就是作者的审美意趣，包括作者的思想志向、生活情趣。但是，这种审美意趣的获得，不是靠宣言和声明，也不是靠理论的剖析，而是在艺术境界中静观默察，心领神会，所以说“欲辨已忘言”。这里，提出了审美的一个重要命题，也即是“物我两忘”的“无言之美”的问题。所谓“辨”，就是逻辑推理，即对诗中表现出来的意境做思想、理论的分析，这就是说，这首诗中的审美意趣，是无法用逻辑推理的方法去分析的。如果我们要对陶渊明做全面研究，那么，只要抓住“心远地自偏”这一句，就可以从陶渊明的时代背景分析到他的遭遇处境，直至他的思想、生活、性格。但是，如果我们对这首诗是做审美鉴赏，那么，我们的注意力，只会集中在诗的意境，而去领略其中的审美意趣，也就是说读者也会进入“欲辨已忘言”的艺术境界。陶渊明隐退后的思想性格是大家所熟知的，他的思想情趣集中在一个“静”字上，他在“人境”中求静，在山水田园间求静，在主观世界中求静，力图进入物我两忘的境界，也就是王国维所谓的“无我之境”。这就是陶渊明所说的“真意”。可见，审美意趣固然和审美主体的思想、性格，以至于他的世界观有密切的关系，但并不是这种思想、性格、世界观的理性的论证和说明，而是对审美意象和整个艺术意境的直观感悟。用庄子的话来说，就是“意致”和“坐忘”。

诗词的审美意趣，往往是在静观默察中慢慢咀嚼领略得来的。钟嵘说的“滋味”，严沧浪说的“兴趣”，都是在“默会想象之表”（叶燮语）中获得，所以，我国古代不少美学家，都反对胶柱鼓瑟的说诗之法，也反对诗词创作和鉴赏中的“理障”和“事障”。这里，让我们再来看看关于苏东坡的一首诗的争论。

苏东坡的诗多议论，少含蓄，“故言尽而意亦止”（袁枚），这确是苏诗的一个缺点，但是，苏诗也并非全都如此。他有些诗，即目所见，兴会天生，既不用典故，也不劳雕琢，意趣油然而生，形象鲜明生动。《惠崇春江晚景》一诗，就是如此：

竹外桃花三两枝，春江水暖鸭先知。
蒌蒿满地芦芽短，正是河豚欲上时。

作者选择了富有节令特征的自然景物，生动地写出了冬天刚刚过去，冰雪已经融化，生机勃勃、春意盎然的自然景色。第一句写桃花，这是春天的象征，写桃花而不流于俗：桃花而在竹外，红绿映衬，色彩鲜明；三两枝者，新蕾初绽，还没有到“灼灼其华”的时候，可见时令乃是初春。“春江水暖”也是春天的特征，但作者并没有濯足水中，直接感觉，而是通过水上的鸭群联想到的。冰雪覆盖的季节，鸭子无法浮游水面，只有到冰融雪化、江水涟漪的季节，鸭子才能嬉戏水中。鸭群似乎是“春江水暖”的先知者，这时，早已欢快地畅游于春江之上了。“鸭先知”，并不是生物学研究的结论，而是诗人即景生情、兴会所至，由快乐的鸭群而意识到春天的温暖。接着，作者由满地蒌蒿联想到肥嫩的芦芽正在茁壮生长，由芦芽又联想到成群结队在水中游荡的河豚。所有这些，都是南国初春的典型细节。苏轼就是抓住了这些典型细节，不加修饰地把它们写了出来，构成一幅形象生动、意趣浓醇的春江画图。短短四句诗，就把春暖花开、欣欣向荣的初春景色生动地表现出来了。我们读这首诗，似乎也感到了春天的温暖，享受到春光明媚、一片生机的乐趣。作者是因物起兴，读者也是因物起兴，这是艺术作品给我们的审美意趣，只需意会而不必言传，这也是诗歌形象思维的特征。

可是，对于这首诗，居然也有人提出了这样的指责：“春江水暖，定该鸭知鹅不知耶！”[①] 如

---

① 参见《诗人玉屑》引毛奇龄语。

果，这也叫文艺批评的话，那实在是令人啼笑皆非了。对于这种批评，我们说它是无知，是一点也不过分的。因为提出这样责难的人，根本就不懂得什么是诗，所以和他们去理论是毫无用处的。还是袁枚反驳得好："若此论诗，则三百篇句句不是。在河之洲者，斑鸠鸣鸠皆可在也，何必雎鸠耶！止邱隅者，黑鸟白鸟皆可止也，何必黄鸟耶！"毛西河所闹的笑话，主要就在于他不懂得：诗词的审美意趣，是产生于客观事物和作家的主观情趣相互感应之中，是艺术的感受、美的感受，而不是对客观事物的自然属性的科学解说。"春江水暖"，是寒冬刚刚过去，春天已经到来的征候，这自然景物，唤起作者对生活的无穷乐趣，在作者看来，一切都充满了生机，一切都在享受着生之欢乐。两三枝桃花，满地蒌蒿，水上的群鸭，水下的河豚，似乎都变成有知之物，无一不感到生命的乐趣。"春江水暖"是春天来临的信息，而鸭群似乎早已知道，所以它们最先欢快地游到江水中去了。这一切自然现象，反映在作品中都已经被人格化了。"鸭先知"，不是为了写鸭，而是写审美主体的主观感受。作者见景生情，兴会神到，鸭知鹅知，无可无不可，作者也并未讲"鹅不知"，也不一定非写"鹅知"不可。苏东坡写这首诗，固然是因物起兴，但是，他一旦捕捉了自然景物成为艺术形象时，它们已充满了作者的主观意趣。读者在读这首诗时，自然也只会从诗的意趣中获得美感，而绝不会去想鸭先知，还是鹅先知的问题，更不会去追问鸭怎么会知道春江水暖，也不会去考察春江流水究竟暖到摄氏几度。

《庄子·秋水》篇中写了这样一段有趣的小故事："庄子与惠子游于濠梁之上。庄子曰：'儵鱼出游从容，是鱼之乐也！'惠子曰：'子非鱼，安知鱼之乐？'庄子曰：'子非我，安知我不知鱼之乐？'"朱光潜先生在《谈美》中引以说明"宇宙的人情化"，也就是常说的"移情作用"。"春江水暖"是自然现象，鸭怎么先知呢？其实，这是作者主观意趣的移情作用，由于作者的主观感受如此，无知的鸭子也"人情化"了。不懂得这一点，那么，我们也可以这样反问毛西河："春江水暖，定该鹅知鸭不知耶？"可见，审美意趣是审美主体在对客观自然界的静观默察中，在主体的对象化和客体的人格化过程中形成的。如果摆在我们面前的是一幅画，或者是一首诗，那么，鉴赏者（审美主体）在鉴赏中，又有一个再创造的过程，补充和丰富作品所蕴涵的审美意趣。这样，我们就不至于把诗词中所写的景物看作是物理化学和生物学的研究对象，也不会把它当作是不依人的意志为转移的客观物自体，我们只把它们当作是充满意趣的审美对象，从中获得美感享受。为了说明问题，我们最后再来欣赏韦应物的《滁州西涧》一诗：

独怜幽草涧边生，上有黄鹂深树鸣。
春潮带雨晚来急，野渡无人舟自横。

这首诗，可以说是诗中有画的代表作，因为它呈现于读者面前的是一幅完整的、鲜明生动的画，但这不是画面上的画，而是意象。它充满了作者的主观意趣，作者通过涧边的幽草，婉转于深树间的黄鹂，春潮带雨，野渡舟横，这一系列景物，构成一幅鲜明的画面。但是，这首诗并不是单纯描绘自然景物，它是通过景物表现一种闲适、恬淡的意趣，这种意趣不是直接说出，而是融会在一幅自然清幽的图画中。韦应物于唐德宗建中二年（781）出任滁州刺史，他曾希望辞官闲居而不可得，所以虽然身在官府，仍有一种追求幽静闲适的情趣，这首诗就是这种情趣的艺术表现。“独怜幽草涧边生”，写的是涧边野生的小草，这种小草，水分充足，又不会受人践踏，自生自长，幽静自适，故称幽草。怜就是爱，诗的起句就选择了这一特殊的自然景物，反映出作者的特定感情。幽草表现出一种极其幽静的气氛，而黄鹂鸣于深树，更增加其幽静。所谓“鸟鸣山更幽”，就是这种寂静无人的情景。西涧两岸，寂静无人，黄鹂幽草，生意盎然，各得其趣，这不正是作者所向往的生活情趣吗？四句诗都是用以动写静、以实写虚的手法，表现一种寂静而深远的意境。幽草、黄鹂是动的，是实的，但表现的是静的环境，清空的意趣。“春潮带雨晚来急”，本来是一种激荡喧嚣的自然场景，但在四野无人的情况下，它也变成一种天籁而使人更感到虚静寂寥，这实际上也是一种静态的审美意趣。我们只要不去寻章摘句，而是把四句诗作为浑然一体的画面去看，那么，我们看到的就是一幅空虚寂静的自然风景图画，从而也就可以领略其中的意趣了。有人把“幽草”解释成在下位而不得志的人，黄鹂比作身在上位而以上压下的人，认为作者是借此发泄不平。这就像汉代的腐儒说诗，近于猜谜，是对诗的意境的曲解。如果照这种解释，那么，这首诗连半点诗情画意也没有了。

关于这首诗，邓椿在《画继》中记了这样一段小故事：有人根据“野水无人渡，孤舟尽日横”两句的意境，让一些画家去画，“自第二人以下，多系空舟岸侧，或拳鹭于舷间，或栖鸦于篷背；独魁则不然，画一舟人卧于舟尾，横一孤笛，其意以为非无舟人，止无行人耳”。看来，不少画家对两句诗的意境，并没有真正领会。如果“野渡无人”，真的就是空无一人，剩下的只是一片荒凉寂寞的自然景象，那么，作为主体的精神意趣，就很难得到表现，自然景物只不过是一片死寂，生意索然。这样的画既无画意，更乏诗情，也就谈不上画中有诗。“非无舟人，止无行人”，这对画的意境的领会是贴切的。“野渡无人”是没有行人，这是一种空旷寂寞的境界：孤舟横陈，无人问津，而舟人则在闲散舒缓的氛围中，酣卧舟尾，这才表现出作为主体的人的闲情逸趣，当然这也就是作者的意趣。这样的画，才使得画面富有诗意，才是画中有诗。这又说明一个道理：一首好诗，一幅好画，总是会充满意趣的。无论是韦应物的诗，还是邓椿所说的画，作为审美观照的对象，都可说明我国古代诗人、画家们对于意趣的刻意追求。这也是符合诗歌自身的艺术规律的。

『诗有别趣，非关理也』

——理在趣中

严沧浪论诗，有一段著名的议论："诗有别材，非关书也；诗有别趣，非关理也。然非多读书，多穷理，则不能极其至。"这些很有见地的诗词审美理论，历来引起不少误解和争议。有人指责严沧浪主张写诗不要读书、不要穷理，其实，这并不是他的原意。"别材""别趣"是根据诗歌的艺术特征提出来的，诗歌创作有其自身的特殊规律，诗词鉴赏给人以审美趣味，这就是提出"别材""别趣"的依据。写诗和读书做学问不完全是一回事，诗词鉴赏和说理议论也大不相同，也就是说写诗要符合诗的艺术规律，欣赏诗词获得的是艺术美感，但这是不是说诗词创作就不需要学问，审美就排斥理论的知识呢？不！正相反。"非多读书，多穷理，则不能极其至。"只不过读书所得的学问，穷理所得的理论知识，不能直接在诗中摆弄，而是要把学问蕴涵在诗词意境之中，理要在趣中体现出来。理和趣，理性知识和审美趣味，不能相互代替，但又不相互排斥，而是相辅相成。严沧浪的理论，正好说明这一辩证关系。

提出理和趣这两个概念，并注意二者之间的关系，这是我国古代诗词审美中具有民族特色的理论。由于人们对诗词审美认识的局限性，片面强调理而取消艺术特征者有之；片面强调趣而排斥理性知识的重要作用者亦有之。二者貌似两个极端，实质上都是违反诗词的艺术规律的。正如西方古典美学中的纯理性主义，不符合艺术审美的特性，而纯粹的直觉主义又导致艺术审美的神秘主义一样，都未能全面地把握审美活动的本质。

所以，我觉得理和趣的结合，应该说是抓住了审美的关键。严沧浪说：

> 诗有词理意兴。南朝人尚词而病于理；本朝人尚理而病于意兴；唐人尚意兴而理在其中；汉魏之诗，词理意兴，无迹可求。①

当然，这只不过是就某一时代诗风的基本倾向而言，实际上，在同一个时代里，这些不同情况也会同时存在的。“尚词而病于理”，是说只追求语言文字之美，而忽视思想内容，也就是我们通常说的形式主义倾向。“尚理而病于意兴”，是另一极端，即只注重讲大道理而不重视艺术性。南朝诗重艺术性，这不能一概否定，但是，的确也有一些作品只斤斤计较声病之说，或片面追求状物形容，曲写毫芥，而缺乏深刻的思想意义，

① 严羽《沧浪诗话》。

这是不足为训的。至于宋代诗坛，有的把诗变成押韵的哲学语录，有的以禅理入诗，那更等于取消了艺术。这些事例不少，我们在这里不想多谈。我们所感兴趣而又值得研究的，是那些词理意兴具备，思想性、艺术性高度统一的诗词杰作。事实上，千古传唱、脍炙人口的名篇佳作，何尝不说理。所谓理，无非就是讲生活之理、事物之理、人生哲理、人情物理，无处不在，无时不在，抒情言志之作，无不因时因事而发，岂可以离开理而搦笔？只不过看你如何说理，是用哲学论文的方式去说呢，还是按照艺术的规律去表现？诗三百，有哪篇不说理的？“关关雎鸠，在河之洲”，不就包含有深刻的道理在内么！当然，这不是什么所谓歌颂后妃之德那类封建伦理，而是男女之间相互爱慕、相互追求的日常之理。但是，这种常理是包含在诗的生动的艺术形象和炽烈的感情气氛之中的，所以，人们读这首诗获得的是强烈的美感，从中悟得深情至理，而不是获得抽象的伦理概念。

诗是一种艺术，它必须给人以美感，故严沧浪论诗，特别标榜“兴趣”二字，通过“兴趣”再获得深刻之理。总之，一首诗惟其蕴涵有深刻之理，而又理在趣中，才能使人觉得意味无穷，兴趣更浓。理趣之于诗，表现有多种多样，并非千篇一律，有直书人生哲理但仍充满情趣者，有抒写生活情趣而富有深刻道理者，有状物写景而寓以事理者，有借比兴手法以说明某一哲理者。然无论是哪一种，都以情景为依归，构成鲜明的审美意境，才能使人获得美感。

回车驾言迈，悠悠涉长道。
四顾何茫茫，东风摇百草。
所遇无故物，焉得不速老。
盛衰各有时，立身苦不早。
人生非金石，岂能长寿考。
奄忽随物化，荣名以为宝。

这是古诗十九首中的一首，几乎全是说理，但是，这种理是对人生的咏叹，是对现实生活的眷恋和赞美，充满了感情色彩，我们从中感受到的，首先是一个咏叹者的形象和他对理想生活的憧憬。“所遇无故物，焉得不速老”，这是千古以来人们共同的感叹，虽然对这个问题的态度各有不同，也就是人生观各有不同，但这种咏叹则是会感发人心的。因此，这样的诗似乎理胜于辞，但并未至于“淡乎寡味”。曹操的“对酒当歌，人生几何？譬如朝露，去日苦多”之类著名诗篇，不也是直书人生哲理吗？但抒情言志融为一体，表现出慷慨激昂、悲壮苍凉的风格，充满了感人肺腑的艺术趣味，可以说是“词理意兴，无迹可求”了。

春眠不觉晓，处处闻啼鸟。
夜来风雨声，花落知多少？

这是唐代诗人孟浩然的名作《春晓》。文字通俗易懂，近乎口语，没有说理，也没有什么雕饰形容。在我国古代，这是一首老少皆知、妇孺皆咏的诗，反复诵读而不厌，为什么会具有这样强大的艺术生命力呢？原因是多方面的，但诗中富有理趣，耐人寻味，恐怕也是一个重要的原

宋 佚名《雀山茶图》

因。就这首诗的表层意境来看，春天来了，大自然给人以生之乐趣，心情闲适，风雨花鸟，构成一幅春天的意象，主人公睡意犹酣，不知东方之渐白。显然，这是封建社会里有闲阶级的闲情逸趣，但是，对这种情趣，也不能绝对认为有闲阶级才有。劳动人民只要生活条件许可之时，也未始不会领略这醉人的春意，“春眠不觉晓”的感受，也并非只是有闲阶级的特权，所以这首诗的意境，对大家都具有普遍的审美意义。对诗中的这种悠闲情趣，鉴赏者也会从不同角度去领略，获得不同程度的艺术感受，并从这表层意境，进入深层意境。这深层意境表现是曲折而复杂的：在这里，审美主体的主观精神和作为客体的大自然，似乎融为一体，物我同化了。春晓，酣睡未醒，鸟雀喧闹，主人公的主观感受，融注在生机勃勃的春意之中，读者也似乎闻到春天的气息，见到“红杏枝头春意闹”的情景。可是，忽然想起昨夜睡梦中听到的风雨之声，内心突然忧虑起来了：那似锦繁花、初绽蓓蕾，不知道有多少已被无情的风雨摧残了。“风不定，人初静，明日落红应满径”，这种情景是实在令人惋惜伤感的。“夜来风雨声，花落知多少？”这种设问，完全是为了揭示主人公内心世界，巧妙地表现出复杂曲折的心理活动。爱春、惜春、怜春、伤春，错综交织，一则以喜，一则以忧，喜的是生意盎然的春天已降临人间，忧的是经不住风吹雨打，落红满地。作为审美主体的作者和鉴赏者，很自然地又把这自然现象的事物之理，推及生命的哲理，一系列微妙的感情也就随之油然而生了。由自然景物的意趣，深入到作品主人公的生活情趣，进而深入到丰富的人生哲理之中。全诗充满了艺术趣味，而理在趣中。这恐怕就是《春眠》能打动人心使“味之者无极，闻之者动心”（钟嵘语）的奥秘所在吧？下面，我们再来看看朱熹的《读书》诗：

半亩方塘一鉴开，天光云影共徘徊。
问渠哪得清如许？为有源头活水来。

读者从诗的标题便可知道，这首诗是讲读书做学问的道理的，是一首说理诗，而且涉及深刻的哲理。读书是为了追求知识、增长智慧、明白事理、探索真理。古人常说读书明理，就是要认识人生、认识世界，关键就在于一个“清”字。要随着知识的增长，头脑愈来愈清楚，做明白人，而不是成为书呆子、糊涂人，犹如一泓清水，由于水清，所以才能呈现天光云影，优美如画，好像一面明镜，可以照映纤尘。那么，怎样才能保持水清呢？一塘死水是污浊的，下有沉渣，上浮污物，哪能呈现“天光云影共徘徊”的画面？池塘里的水要保持清洁，关键在于不断更新池水，“户枢不蠹，流水不腐”嘛！源头活水源源不断，池水自然清洁明净。读书做学问，不也正是如此吗？人类只有不断更新知识，输入新的信息，丰富主观世界，才能不断地认识世界，揭示客观世界的奥秘。这对我们生活在科学飞跃的今天的人们，不也可从中获得深刻的启示吗？这些道理，如果把它写成一篇论文，那也可以从多方面论述，提高到事物发展的辩证法原理去研究，但那不是文艺，而是哲学。这首诗就不同，作者把这深刻的哲理蕴涵在鲜明生动的艺术形象之中，融会在优美而饶有兴味的艺术境界里，使理和趣，融合无间，可谓是羚羊挂角，无迹可求。一泓清清的池塘，水明如镜，云影天光，倒映水中，悠然自得，纤毫可鉴，这是一幅多么优美的水彩画啊！哲理是由后两句引出来的，但是，提得很自然，也不脱离形象，而是在议论的诗句中，刻画了源头活水汩汩而来的生动画面。我们读这首诗，首先直觉到的是一幅活泼泼的景物画，进而从源头活水这一常见的物理，悟出朱熹所赞美的读书做学问的真谛。

这样的说理诗，就不是严沧浪所批评的“理障”，而是理在趣中，意味无穷，既“主理”又并不“病于意兴”。

在鲜明生动的诗歌形象中，蕴涵深刻的哲理，千百年后仍被传诵，这样的例子是举不胜举的。王之涣的“欲穷千里目，更上一层楼”之句，写的是眼前景物，却具有鼓舞人们积极向上的作用，包含着深刻的人生哲理。杜甫的“会当临绝顶，一览众山小”，不也具有类似的作用么？孔老夫子就十分感叹地说过：“登东山而小鲁，登泰山而小天下。”这是登泰山时的实际感受。而杜甫的诗，则把人们引向“绝顶”的境界，心胸坦荡，眼界开阔，站得高，看得远，读者在这广阔雄伟的意境中，不也会悟出人生之真谛么？

至于李商隐的“夕阳无限好，只是近黄昏”，苏轼的“不识庐山真面目，只缘身在此山中”，刘禹锡的“沉舟侧畔千帆过，病树前头万木春”等等，无不都是寓情于景，理在趣中，而成为千古名句。

以上所谈，都是我们在鉴赏诗词时常见的现象，也没有什么新奇之处，但是，也许是见惯不怪的缘故吧，其中蕴藏的一些美学内涵，却往往被忽略了。当我们在谈到形象思维和逻辑思维的关系时，往往顾此失彼，强调了这一面，又忽视了另一面。其实，艺术创作和审美活动，主要是用形象思维，这是最起码的条件，而在艺术鉴赏时，人们获得的是美感，而不是抽象的大道理，这也是常识，但是，这一切并不排斥逻辑思维、理性知识在其中所起的作用。艺术意境的深度、艺术审美兴趣的醇度，在某种意义上说，多取决于其所包含的思想和事理的深度、根本问题，在于要符合艺术规律，其妙处在于理在趣中，由趣悟理，这样的作品才足以反复咀嚼，意味无穷，具有永恒的艺术生命。

『来不可遏，去不可止』

——兴会神到

王士祯在《池北偶谈》中有这样一段话：

世谓王右丞画雪中芭蕉，其诗亦然。如“九江枫树几回青，一片扬州五湖白”。下连用兰陵镇、富春郭、石头城诸地名，皆寥远不相属。大抵古人诗画，只取兴会神到，若刻舟缘木求之，失其指矣。

关于王维画雪中芭蕉的记载，见于沈括的《梦溪笔谈》。一般人认为雪中芭蕉不合时序，而沈括则认为“此乃得心应手，意到便成，故造理入神，迥得天意”。又说：“书画之妙，当以神会，难可以形器求也。”王士祯倡“神韵”之说，沈括之论是很符合他的审美观的，所以他举王维的诗和画说明“兴会神到”这种特殊的审美心理活动。对此，王夫之、叶燮等都有一些很精辟的论述。王夫之论诗，讲“兴会”，讲“神理”；叶燮论诗也主张“得其神理”，“其寄托在可言不可言之间，其指归在可解不可解之会”。[①]这些主张都和“兴会神到”说是一致的。所谓“兴会”，就是我们常说的创作的冲动、灵感的触发；所谓“神到”，就是艺术思维活动积极进行时的一种现象，是形象思维所具有的一种特殊

① 《原诗》。

感受力和创造力。合而言之，就是指作家创作中的艺术灵感活动和形象思维的能力，而这都是审美心理活动不同于一般的思维活动的表现。

关于这种审美心理活动，早在一千多年前，我国的一些文艺理论家就已做了生动的描述。陆机在《文赋》中说："若夫应感之会，通塞之纪，来不可遏，去不可止，藏若景灭，行犹响起。方天机之骏利，夫何纷而不理。……及其六情底滞，志往神留，兀若枯木，豁若涸流。……是故或竭情而多悔，或率意而寡尤。"这里谈的"应感"诸种表现，也就是"兴会神到"的一些现象。刘勰论"神思"，也与此有关。他说："夫神思方运，万涂竞萌，规矩虚位，刻镂无形，登山则情满于山，观海则意溢于海，我才之多少，将与风云而并驱矣。"①作家在创作中有应感和神思的问题，鉴赏者的审美活动中也有这些情况，这是审美心理活动的特点。这些现象，其实并不神秘，也不是像古人说的什么"神助"之类，而是作家在艺术构思过程中经常碰到的现象，是审美活动中心物感应的结果，是审美主体的思想情性的表现。王夫之说："含情而能达，会景而生心，体物而得神，则自有灵通之句，参化工之妙。若但

① 《文心雕龙·神思》。

于句求巧，则性情先为外荡，生意索然矣。”[①]可见，“兴会神到”，无非也是含情会景、体物写志的结果，他认为皮日休、陆龟蒙的诗“差有兴会”，而韩退之“以险韵、奇字、古句、方言，矜其饾辏之巧；巧则巧矣，而于心情兴会一无所涉，适可为酒令而已”[②]。王士祯也说：“夫诗之道，有根柢焉，有兴会焉。……”[③]这一点，和王夫之的看法是一致的。

综上所述，我们可以看出“兴会神到”这种审美心理活动，或者说是创作灵感和艺术思维活动，具有以下鲜明的特征：

第一，偶发性。如陆机所描写的，创作中有时“天机骏利”，有时“六情底滞”，思路有通有塞，“来不可遏，去不可止”。这种“应感”现象说明创作灵感的到来，往往具有偶发的性质。尤其是在诗词创作中，佳篇妙句的获得，往往不是在苦思苦想中出现，而是在意趣横生或感情激发的时候自然形成，或是由于外物的偶然触发，即所谓感于物而动，触动天机，脱口而出。其实，这种带有偶发性的现象，也是平时积累和酝酿的

① 《薑斋诗话》。
② 《薑斋诗话》。
③ 王士祯《带经堂诗话》。

结果。诗人在日常生活中，已有许多兴象蕴积于心，犹如许多信息输入贮存于大脑中，一旦兴会神到，则“万象冥会，呻吟咳唾，动触天真”①。所以，王士祯提出的“伫兴”说，具有深刻的意义。他说：“王士源序孟浩然诗云：‘每有制作，伫兴而就。’余生平服膺此言，为未尝为人强作，亦不耐为和韵诗也。”可见，“兴”并不是凭空产生，而是靠平时的积存。伫，贮积也；伫兴就是在心物感应过程中，各种表象伫积心中，成为潜意识，一旦受外界事物的感发，心中所蕴积者即喷薄而出。这时，含情能达，会景生心，体物得神，这就是兴会神到之境。所谓即兴诗，看来似乎是偶得，其实也与“伫兴”分不开。这种偶发性的特点，就是自然天真、不假雕琢、脱口而出，便有灵通之句。王士祯引萧子显的话说：“登高即目，临水送归；蚤雁初莺，花开叶落。有来斯应，每不能已；须其自来，不以力构。”②这也就是刘勰说的：“人禀七情，应物斯感，感物吟志，莫非自然。”③王夫之论谢灵运诗说：

“池塘生春草”，“蝴蝶飞南园”，“明月照积雪”皆心中目中与相融浃，一出

① 胡应麟《诗薮》。
② 《带经堂诗话》。
③ 《文心雕龙·明诗》。

语时，即得珠圆玉润，要亦各视其所怀来而与景相迎者也。

——《薑斋诗话》

所引的"池塘生春草"，是谢灵运诗《登池上楼》中的一句，历来被视为名句，究竟好在哪里？不能以字句求之，须按兴会神到之旨去领会。作者在诗中以"潜虬媚幽姿，飞鸿响远音"自比，由于仕途不得志，发出"进德智所拙，退耕力不任"的感叹，内心愤懑，又大病了一场。春天来了，大病初愈，登楼远眺，只见"初景革绪风，新阳改故阴"，充满春意，信口吟出"池塘生春草，园柳变鸣禽"之句，这是长期积闷之后，突然感到一片生机，情与景遇，脱口而出，清新自然。故王夫之又誉之为"天与造之，神与运之。呜呼，不可知已！"又说："池塘生春草，且从上下前后看取，风日云物，气序怀抱，无不显著。"[①] 叶梦得《石林诗话》也说："'池塘生春草，园柳变鸣禽'，世多不解此语为工，盖欲以奇求之尔。此语之工，正在无所意，猝然与景相遇，所以成章，不假绳削，故非常情之所能到。"[②] 这都属"兴会神到"之妙，兴会积淀于平时，而触景生情，神思发于一旦，神理凑合，即所谓"文

① 《评〈登池上楼〉》，《古诗评选》第五卷。
② 《苕溪渔隐丛话》前集第一卷。

章本天成，妙手偶得之”者也。叶燮说的“妙悟天开”[①]，不也就是这种情景吗？

第二，直观性。“兴会神到”的另一特点，就是它不是在抽象的逻辑推理中出现，而是在对具体的景物的观照中受到感发而产生。因此，作家在创作中，借助于具体生动的形象去获得美感。这种审美活动是具体的、形象的，而不是概念的、抽象的。西方美学中，有人称之为“形象的直觉”，佛家称之为“现量”，王夫之对此做了如下解释：“作影现成，一触即觉，不假思量计较，显现真实”[②]，用佛家术语说就是“照境分明”“照境明白”。这种直观的性质，是艺术形象思维的基本特征，也是兴会神到所凭借。我们常说的“触景生情”“因物起兴”“神与物游”等等，都谈的是这个道理。王夫之多次引用了“池塘生春草”“明月照积雪”“长安一片月”“蝴蝶飞南园”以及“长河落日圆”“隔水问樵夫”“高台多悲风”“芙蓉露下落”等等诗句，认为这些都是“兴会神到”所得之佳句，其最大特点就是像钟嵘在《诗品》中说的“观古今胜语，多非补假，皆由直寻”。所谓“直寻”，也就是“即目”“所见”。试看谢灵运的《岁暮》诗：

① 《原诗》。
② 《相宗络索》。

殷忧不能寐，苦此夜难颓。
明月照积雪，朔风劲且哀。
运往无淹物，年逝觉已催。

试想，岁暮之夜，朔风劲吹，月光下闪着积雪寒光，在这寒冷的夜晚，满腹殷忧的主人公，辗转不能入睡，想到流光飞逝，老之将至，更是难以忍受了。全诗情景交融，而所写之景都是即目所见，“皆心中目中与相融浃”，真所谓“天壤之景物，作者之心目；如是灵心巧手，磕着即凑，岂复烦其踌躕哉”！[①]这种直观性的特点，也正是“兴会神到”的审美心理活动所具有的特点。关于这个问题，叶燮在《原诗》中也有一段精辟的论述，他说：“可言之理，人人能言之，又安在诗人之言之？可征之事，人人能述之，又安在诗人之述之？必有不可言之理，不可述之事，遇之于默会意象之表，而理与事无不灿然于前者也。”他分析到“古人妙于事理”之诗句时，举王之涣的《凉州词》为例：

黄河远上白云间，一片孤城万仞山。
羌笛何须怨杨柳，春风不度玉门关。

① 《评谢灵运〈游南亭〉》，《古诗评选》第五卷。

叶燮认为诗中含有至情至理，然作者并没有“实写理事情”，而是使读者“遇之于默会意象之表”。怎么这样说呢？试稍加说明：这首诗写的都是眼前所见之景，黄河之水好像从白云间滚滚而来，在遥远的黄河尽头，一座孤城耸立于崇山峻岭之中，这里是祖国的边塞，烽烟不断，一片荒凉，羌笛悠悠，吹奏出《折杨柳》歌曲，这是多么令人伤感而沉郁的情景啊！在这情景后面，我们可以想象到由于长年战患造成边塞荒凉、贫瘠的景象，可以体会到长期在这里戍边的将士们的哀怨心情，还可以进一步看到封建朝廷只知穷兵黩武，不关心戍边将士死活的实况。但是这一切都没有在诗中直说，而是蕴涵于诗的形象之中，诗中的黄河、白云、孤城、羌笛、春风……都是人格化了。读者也觉得诗的直观形象似乎“呈于象，感于目，会于心”，从中悟出至情至理，这才是“兴会神到”，才是诗词审美活动的本色。

第三，自由性。所谓“自由性”是指“兴会神到”时艺术思维活动不受时空的限制，不受事理的约束，其想象、夸张可以超越时空，可以离开事物之常理去直接感受各种物象。兴之所至，意之所随，可以自由跳跃，不按逻辑的规律。但这种“自由性”，绝非胡思乱想，更非诡异怪诞，而是符合艺术的规律，符合于审美的规律。诗中言理、事、情，并不是要像写议论文那样的直接论述，而是寓于自由驰骋的艺术想象之中，审美主体可“想象以为事”“遇之于默会意象之表”（叶燮语），构成优美的艺术意境。王维画雪中芭蕉，如果以物理绳之，则所画违反时序，不合常理，但以艺术意境视之，则雪中芭蕉别有意趣，白雪覆盖大地，而叶荣于夏的芭蕉，却表现出王维不染尘俗的思想情趣。王士祯认为这就是“兴会神到”，不能以“刻舟缘木”去要求；沈括说这是“得心应手，意到便成”，这都表明艺术的表现和科学的说明是迥然不同的。艺术的思维可以“思接千载，视通万里”，可以夸张，可以幻想，一旦构成艺术意境，而“呈于象，感于目，会于心”时，就会“其理昭然，其事的然”（叶燮语）。在现实生活中，“白发三千丈”是不可能有的，燕山的雪花也不至于“大如席”，但李白诗中却是这样描写了。根据艺术夸张的规律，根据“得鱼忘筌，得意忘言”的道理，我们在读这些诗句时，只感受到人生短暂而秋绪无穷的意境，只获得燕山大雪的形象观照，决不会去究其是否合乎生活中的事实和常理。这就是“兴会神到”的自由性。至于诗中把相隔千万里的地名连在一起，那更是常见的事，艺术想象并不受时空限制，而兴会神到之时，只要与意趣有

元 高克恭《欲雨欲晴图》

关，就可随意撷取入诗。江淹诗《从冠军建平王登香炉峰》云："日落长沙渚，层阴万里生。"王士祯质问说："长沙去庐山二千余里，香炉何缘见之？"为什么在香炉峰而能望见长沙渚呢？王士桢又说："古人诗只取兴会超妙，不似后人章句，但作记里鼓也。"[1] 这就是艺术思维自由驰骋

① 《带经堂诗话》。

的奥秘所在。诗人在兴会神到之时，其精神四达迸流，无所不至其极，时间空间任其摆布。李商隐的《夜雨寄北》的写作，足以说明这个问题：

君问归期未有期，巴山夜雨涨秋池。
何当共剪西窗烛，却话巴山夜雨时。

这首诗究竟好在哪里？读者可以从不同的角度去领略，但是诗中的时间和空间意识巧妙地自由转换，是为大家所赞赏的。李商隐是河南人，大中五年（851），作为东川节度使柳仲郢的幕僚，在梓州（四川境）住了四年多，这首诗就是在这时期写的。内容是写给在家乡的友人（一说是“寄内”）的。友人来信询问归期，但他自己也不知何时能回到家乡，思归而不得自主，漂泊异乡，怀念故土亲友之情，真切动人。然而作者并不是平铺直叙，而是用虚拟的手法，把现在和将来、现实和想象、巴山和故乡，巧妙地组合在短短的四句诗中。意境从近及远，由远返近，从实到虚，由虚返实，而所有这些，关键在于时间和空间意识的随意转换和跳跃，使得镜头（意象）以很大的跨度在变化。“君问归期未有期”，点明全诗的主题，是全诗意境的核心，但仅有这一句就不能构成诗的意境，第二句才具体写出了作者在秋雨之夜，滞留巴山，思绪万千而归期渺茫的情景。这句是实写，写的是景，充满感情色彩和气氛。这时，作者驾起想象的翅膀，使分镜头一下子转到虚拟中的未来，也许是一年两年，或者是更长的时间以后吧，画面上出现了“共剪西窗烛”的情景。我们似乎看到了阔别多年的两个朋友（或是夫妻二人），在烛影下絮絮叨叨地畅谈别后之情，回忆巴山夜雨、滞留不归的凄苦情景。这都是虚拟中的情景，但时间和空间意识又从未来和远方，回到诗的开头所写的现实中来。这样，无论是作者还是读者，在短短的四句诗中，自由地跨越了漫长而广阔的时间和空间，兴会神到，构成韵味无穷、感荡心灵的艺术意境。

综上所述，我们可以这样说，我国古代文艺理论中的“兴会神到”之说，包含有丰富的美学内容，它涉及创作冲动和灵感的产生，它表述了艺术思维的特殊规律。就审美心理活动而言，它生动地表明理性认识和审美判断的差别，强调了直觉和表象在审美活动中的重要作用。对于这些理论，如果简单地用唯心主义、神秘主义的罪名而加以否定，那是不应该的。

『念天地之悠悠，

独怆然而涕下』

——时空意识

人在茫茫宇宙间，是一个独立的实体，每一个人自身就具有一个完整而又极其复杂的系统，但是，他又是整个社会中的一员，从一个小集体到整个国家以至全世界，他不能脱离这整个大系统而孤立存在。就自然界来说，每一个人都是整个地球以至整个宇宙这个大系统中的一个细胞，一个最小的单位。所以，就宏观看来，自我是极其渺小的，生命也是短暂的，然而，这渺小的自我，在整个大系统中，又有着存在的地位和价值。就微观看来，每个人又都具有自己的复杂结构和机体，由于主客观信息的传递，经过大脑神经的处理、加工，形成极其丰富的精神世界。因此，人生活在宇宙之间，总是要不断地探索宇宙的奥秘，寻找自我在宇宙间的地位和价值所在，于是，形成了人的宇宙观，形成时间和空间的意识，从而产生了与此相关的审美意识。这种审美意识，通过优美的文学艺术形式，得到形象、生动的表现。

人类在他们的童年时代，对自然界缺乏科学的认识。天地如何形成？万物何时初生？时间有没有尽头？空间有没有极限？这一切对他们来说都是一些不可理解的谜。因此，他们只能按照幼稚的幻想，把一切归功于一种超自然的力量——神的创造，于是，优美的神话产生了，创世史诗在不同国度、不同民族的原始先民中出现了。在漫长的岁月里，人类对宇宙的认识不断提高、不断加深，但是时间和空间意识在人们的头脑中，仍然是很神秘的。它使人们感到惊讶、感到虚幻、感到瑰丽而神奇，表现在文学作品中，也具有一种永恒的艺术魅力，于是，人类的时间、空间意识，就和审美观念结下了不解之缘。

遂古之初，谁传道之？上下未形，何由考之？冥昭瞢闇，谁能极之？冯翼惟像，何以识之？明明闇闇，惟时何为？阴阳三合，何本何化？……

这是我国古代伟大诗人屈原在《天问》中，以诗歌的形式提出的涉及宇宙形成的一系列有趣的问题，也涉及时间和空间观念问题。这些本来都是一些科学命题，但是，在屈原的作品中是作为艺术形象表现出来的，具有丰富的艺术想象和鲜明的幻想色彩，把读者引入一种奇妙的艺术境界之中。屈原对这些问题都没有做正面的回答，事实上，他也不可能做出回答，因为他创作的是艺术作品，而不是科学著作。

时间、空间意识在人类的头脑中，当它尚未形成科学的认识之时，具有一种神奇的精神力量，对人们的生活起一种控制作用。它可以使人们积极向上，追求生命存在的价值，满怀生之乐趣；它也可以使人们悲观消极，伤感厌世，逃避现实，幻想找到长生不死、生命永恒的极乐世界。这就是我们通常说的不同的世界观，反映到文艺作品中，也就有各种不同的倾向，形成不同的审美感情。在我国古代诗歌中，关于时空的咏唱是很多的，由于诗人们的经历遭遇不同，思想感情各异，所以由时空观念引发出来的联想和感慨，表现出来的风格和情调，也是多彩多姿，大异其趣。

前不见古人，后不见来者。
念天地之悠悠，独怆然而涕下！

这是唐代诗人陈子昂的《登幽州台歌》，被称为千古绝唱。说这首诗有多么高的艺术性，恐怕也不尽然，但是，没有雕饰，没有夸张，朴素无华，明白易懂，唱出了人们在无限的时间长河和无际的空间面前的无可奈何的感叹，这确是其独到之处。人生短暂，宇宙永恒，面对大千世界，而神驰古往今来，谁能不为之感慨！“惟天地之无穷兮，哀人生之长勤。往者余弗及兮，来者吾不闻。”屈原在《远游》中发出的这种感叹，和陈子昂的诗一样，不也会引起读者的共鸣么？但是我们并不认为这种共鸣，是一种抽象的所谓

“普遍人性”之类的东西，因为，每一个人都结合自己的切身经历和感受，赋予这种时空意识以具体的社会内容。屈原的报国之志未遂，遭谗言而被放逐，前程渺茫而老之将至，才产生这种哀痛伤感的情绪。在这点上陈子昂也有类似的情怀。《登幽州台歌》写于武则天临朝的万岁通天二年（697），当时陈子昂在武攸宜军中任参谋职，随征契丹。他是一个有理想、有抱负的政治家，具有强烈的爱国感情，由于敢于批评朝政，屡遭打击，曾受迫害入狱。出狱后，随军出征契丹，因武攸宜统帅无能，作战失利，陈子昂多次进谏献策，反遭贬职，忧愤难言。登幽州台瞭望，对国家命运、个人前途，感到无限失望和孤寂，进而“念天地之悠悠”，怎能不“怆然而涕下”呢！陈子昂的这种感情，虽然带有伤感的色彩，但其忧国忧民之志，则给人以激励和鼓舞，并没有消极悲观的作用。

诗人们在自己的作品中，对时间永恒、空间无限的咏唱，可能有悲观厌世、消极落后的不健康的东西，例如“及时行乐”的思想，为“长生不老”而求仙拜佛的思想，或逃避现实而追求涅槃往生的思想等等，但是，我们更多看到的是一些悲壮苍凉、慷慨激昂的作品。人们希望在有限的生命里追求无限的生命价值，在相对的存在中

追求绝对的存在意义，从而激励人们惜时如金、不负年华、积极向上、立功立业。“老当益壮，宁知白首之心；穷且益坚，不坠青云之志。”“北海虽赊，扶摇可接；东隅已逝，桑榆非晚。”这是年轻的王勃在时空意识中表现出的自己的豪情壮志。爱国志士岳飞，在时空面前写下了“三十功名尘与土，八千里路云和月，莫等闲白了少年头，空悲切”这样慷慨激昂的诗句。又有不少诗作，从绝对大的空间意识，发现人的伟大，发现自我的地位，歌颂那伟大崇高的美。汉高祖刘邦在他意满志得的时候，情不自禁地唱出了“鸿鹄高飞，一举千里；羽翼已成，横绝四海”这样的诗句。在他之前，庄子曾有过鲲鹏“水击三千里，

北宋 王诜《青绿烟江叠嶂图》

抟扶摇而上者九万里”[①]的幻想,这些都是对绝对大的空间意识的追求,都是人类自我力量的显示。

时空意识在人们的审美观念中，占有很重要的地位。由于诗人的世界观和思想感情不同，故对时空意识也有各种各样的反映，并总结了种种表现手法。诸如以有限显示无限，在相对中表现绝对，使读者从小中见大，从微观中看到宏观，产生无穷的想象，发出无穷的感慨和惊叹，从而获得玩味不尽的美感享受。这里，让我们共同来欣赏一下张若虚的《春江花月夜》。我们如果把

① 《逍遥游》。

这首诗比作西方的《小夜曲》，似乎也不为错，但如果把它比作舒曼的《梦幻曲》，倒更为贴切。全诗共有三十六句，感情婉转曲折，景物朦胧恍惚，音调抑扬跌宕，意境深邃辽阔，情景理趣，交融在一种不可思议的时空意识之中。

春江潮水连海平，海上明月共潮生。
滟滟随波千万里，何处春江无月明？
江流宛转绕芳甸，月照花林皆似霰。
空里流霜不觉飞，汀上白沙看不见。

这是关于“春江花月夜”的一段景物描写，一开始就把读者引进了优美景色之中。这是近景描写，但从海上生明月，读者已慢慢进入到辽阔无垠的空间境界。“江天一色无纤尘，皎皎空中孤月轮”，两句画龙点睛，画出了茫茫无际的夜空，把读者从近景一下子带进了浩渺广宇之间，产生一种辽阔而神奇的感觉，更突出了审美主体对宇宙空间的富于幻想的主观感受。这时，诗人的笔锋陡然一转，从时间意识提出了人生之谜：“江畔何人初见月？江月何年初照人？人生代代无穷已，江月年年只相似。”屈原是直接从时间意识上提出：“邃古之初，谁传道之”的问题，更富有哲理性；而张若虚则由富有诗意的春江夜月，联想到月亮何时照明，江畔何时出现了望月之人。这同样也是追溯宇宙形成和人类起源的问题，但这不是科学的设问，而是艺术的想象。诗人没有给人以科学的回答，而是给人以神奇深邃的美的意境。它不是抽象的哲学概念，也不是惚兮恍兮的神秘意念，而是从春江潮水、海上明月、芳甸花林、沙汀霜霰这样一些多彩多姿的具体画面上，驾着想象的翅膀，飞进无穷无尽的时空境界之中，使人获得美感享受。诗人在诗中表现出来的时空意识，并不是超现实的幻想，恰相反，他立足于现实生活，抒发了对人生的慨叹。人生的内涵是极其丰富而复杂的，不同的时代、不同的人有各自不同的经历和遭遇，但是人们也有一些共同的感受，譬如生离死别之情、游子思归之思，这在封建社会里更是成为人们共同咏叹的主题。当然，我们并不认为这是普遍的人性和抽象的永恒主题，因为，不同的诗人都赋予其具体的社会内容和现实意义，而读者也会根据自己的体验赋予其具体内容。“不知江月待何人，但见长江送流水”，作者把思绪从遥远的太空和幽渺的远古，收回到现实世界来，从江月待人、江水东流，联系到游子思妇离别之苦：“谁家今夜扁舟子？何处相思明月楼？可怜楼上月徘徊，应照离人妆镜台。”接着，就淋漓尽致地抒发了春闺思妇的内心感情：她白天夜晚都在盼望漂流异乡的丈夫的归来，甚至梦中也摆不脱思念之情。

昨夜闲潭梦落花，可怜春半不还家。
江水流春去欲尽，江潭落月复西斜。
斜月沉沉藏海雾，碣石潇湘无限路。
不知乘月几人归，落月摇情满江树。

在这最后一段中，梦境和现实交错在一起，写出了“斜月沉沉藏海雾”这样一种可望而不可及的朦胧境界，而这一切都是诗人的主观审美境界，具有浓厚的感情色彩。“昨夜闲潭梦落花”，这是现实生活中的梦，而“落月摇情满江树”，则是梦般的现实，二者交织在一起，构成一种似梦非梦、朦胧恍惚的境界。这种境界，使我们产生渺渺茫茫的空间感和永恒无限的时间感，在这种时空意识中，包含有深沉而孤独、忧伤而惆怅的思想感情。虽然这种感情是比较消极的，它没有像曹操那样在“对酒当歌，人生几何”的感叹之后，又抒发出“周公吐哺，天下归心”的豪情壮志；更没有曹操那种“烈士暮年，壮心不已”的英雄气概，但是，它也没有那种“为乐当即时，何能待来兹”的及时行乐思想。它只是真实地抒写了人们的离愁别恨，表现出良人不归、寤寐难期，而时光飞逝、青春难再的百结愁肠，唤起读者的同情，使读者们根据各人的生活体验，去领略人生的滋味，而这也正是诗词中所表现的时空意识所具有的美学意义。苏轼在《前赤壁赋》中也生动地描写了月夜景色，他由月夜泛舟，联想到宇宙之广大、时间之永恒，从而发出“哀吾生之须臾，羡长江之无穷”的感慨。但苏轼毕竟是一位豪爽放达的风流人物，所以，对于这个问题，他发表了一段颇有哲理意味而又妙趣横生的议论：“客亦知夫水与月乎？逝者如斯而未尝往也。盈虚者如彼，而卒莫消长也。盖将自其变者而观之，则天地曾不能一瞬；自其不变者而观之，则物与我皆无尽也，而又何羡乎？”有了这样通脱的想法，他就能自我解脱而不至因“人生几何”而怅惘伤感，也不致因“天地之大”而感到小我之可有可无。因此，当我们欣赏诗词中对时间、空间的咏叹时，虽然，也不禁随之唏嘘叹息，但也不至于为此而悲观厌世。要相信我们今天的人，也会正确对待这个问题的。

『阴阳相摩，刚柔相济』

——壮美与优美

由于作家个性的不同、风格的差异，作品中表现出来的美的形态也各式各样。我国古代诗词中，就有豪放婉约之分、阴阳刚柔之别，感情有的激烈，有的平和，意境有的壮阔，有的纤巧。人们的审美趣味，也是多种多样，各有各的爱好。但是，无论是哪一种形态的美，都会给人以美感。王国维在论境界时说：

> 境界有大小，不以是而分优劣。“细雨鱼儿出，微风燕子斜”，何遽不若“落日照大旗，马鸣风萧萧”。“宝帘闲挂小银钩”，何遽不若“雾失楼台，月迷津渡”也。
>
> ——《人间词话》

过去，我曾认为这种说法是不对的，因为他脱离了思想内容而从艺术形式上去看审美价值。现在仔细一想，觉得从艺术美的形态去看，境界有大有小，风格有壮美、有优美，但都给人以美感，在这意义上说，“境界有大小，不以是而分优劣”的论断是有道理的。因为这不是从思想性到艺术性去全面衡量作品的价值，而是从艺术表现形式来看，则大有大的美处，小有小的美处，不能互相代替，也不能以此判断艺术性之优劣。

关于艺术风格，虽然其表现形态是多种多样的，但是用美学的观点看，壮美和优美是两种比较主要的风格形态，我国古代习惯称之为阳刚美和阴柔美。清人姚鼐对此做了一段精彩的描述，他把阳刚之美，形容作“如霆，如电，如长风之出谷，如崇山峻岩，如决大川，如奔骐骥……”；把阴柔美形容为“如初日，如清风，如云，如霞，如烟，如幽林曲涧，如沦，如漾……”。[①] 这些论述是符合我国传统的艺术审美趣味的。这些不同的美的风格形态和人们的时空意识、动静观念，以及思想、情绪、心理状态，有着密切的联系。

我们先来看看阳刚美（壮美）在诗词中的种种表现。就空间意识而言，雄伟壮丽的崇山峻岭、汹涌澎湃的长江大河、辽阔无垠的大地原野、茫茫无际的宏观宇宙，都给人以巍峨肃穆、伟大崇高的感觉。“嵩高维岳，峻极于天”[②]，以嵩岳之高，表现人的崇高伟大，就属于这类审美意识。曹操的“日月之行，若出其中；星汉灿烂，若出其里”[③]，则更是“有吞吐宇宙气象”（沈德潜语），其壮美可知。李白诗中，此类雄伟壮阔的境界更为多见，《蜀道难》就是气势磅礴、惊心动魄的

---

① 《复鲁絜非书》。
② 《诗经·小雅·嵩高》。
③ 《观沧海》。

壮美诗篇。“登高壮观天地间，大江茫茫去不还。黄云万里动风色，白波九道流雪山。”这是李白《庐山谣寄卢侍御虚舟》中的诗句，亦可看出其壮美的特色。杜甫诗中，也不乏此类名篇，观其“风急天高猿啸哀，渚清沙白鸟飞回；无边落木萧萧下，不尽长江滚滚来”①之句，其气势之雄浑，境界之壮阔，也足以令人为之感荡心神。这里，我们很自然地又想到杜甫的《望岳》一诗：

岱宗夫如何？齐鲁青未了。
造化钟神秀，阴阳割昏晓。
荡胸生层云，决眦入归鸟。
会当凌绝顶，一览众山小。

诗人从各个角度表现泰山的雄伟崇高：“齐鲁青未了”，“阴阳割昏晓”，是远观泰山之高；“荡胸”“决眦”两句则是身历其境时对泰山之高的直感；最后两句虽然是用比较的写法，但却富有寓意，是一种人生境界的写照，使人产生一种高山仰止、无限崇高的感觉。

对于自然界的一些现象，例如风雨雷电，的确是来不可遏、去不可止，它们可以席卷千里，

---

① 《登高》。

使山崩地裂，显示出一种不可抗拒的力量，且有压倒一切的威力。这种力的显示，也成为人们审美意识的一种因素。《诗经》中就常借这些自然界的巨大形象，以表现统治者的威严及其统治的力量，诸如“如雷如霆，徐方震惊”“王奋厥武，如震如怒”“王旅啴啴，如飞如翰，如江如汉，如山之苞，如川之流”[①]等等。不少诗人都从这些现象中，意识到人的力量，意识到自己的力量，所以，汉高祖刘邦才唱出了“大风起兮云飞扬，威加海内兮归故乡，安得猛士兮守四方”这样气壮山河的诗章。而李白的“心随长风去，吹散万里云”[②]，“一风三日吹倒山，白浪高于瓦官阁”[③]；杜甫的“豫章翻风白日动，鲸鱼跋浪沧溟开”[④]之类的诗，也可以从自然界的力量显示中，感到人的力量。如果说，李、杜的诗对人的力量的感觉还只停留在有意无意之间，那么，龚自珍的“九州生气恃风雷”[⑤]，鲁迅的“心事浩茫连广宇，于无声处听惊雷”[⑥]，毛泽东的“四海翻腾云水怒，五洲震荡风雷激”[⑦]等等，则已是明确地借自然界的力量以显示人民的力量了。对于审美观念中的

---

① 《诗经·大雅·常武》。
② 《赠何七判官昌浩》。
③ 《横江词》。
④ 《短歌行赠王郎司直》。
⑤ 《己亥杂诗》。
⑥ 《无题》。
⑦ 《满江红》。

“力”的意识，司空图做了这样的概括：

> 大用外腓，真体内充。返虚入浑，积健为雄。具备万物，横绝太空。荒荒油云，寥寥长风。超以象外，得其寰中。持之非强，来之无穷。
>
> ——《诗品·雄浑》

这就是诗词中表现的“力”的意识所具有的美学特征。

诗词中的壮美，不仅只表现于空间意识中的高大雄伟，更多的还从人的伟大崇高的思想情怀和豪迈壮烈的精神力量之中表现出来。盛唐诗多具有这种特点，所以严沧浪认为盛唐诗“雄浑悲壮”“气象浑厚”[①]，这在一些边塞诗中，表现得尤为突出。试举一例来说明：

> 烽火照西京，心中自不平。
> 牙璋辞凤阙，铁骑绕龙城。
> 雪暗凋旗画，风多杂鼓声。
> 宁为百夫长，胜作一书生。
>
> ——杨炯《从军行》

① 严羽《答出继叔临安吴景仙书》

这首诗充满了慷慨激昂、英勇壮烈的爱国主义热情。“宁为百夫长，胜作一书生”，这豪言壮语，表现出爱国志士的誓死报国、无所畏惧的英武豪迈气概。这首诗在写作上也很有特色，叙事说理紧密结合，写景抒情交融无间，短短四十字，做到叙事清楚，写景如画，说理明白，感情动人，而四者又浑然一体，构成一幅完整的画面，意境极其深远。诗一开头就点出事件的原委：军情紧急，边关吃紧，烽火已经点燃，此时此刻，爱国志士的内心怎么能够平静？“牙璋辞凤阙，铁骑绕龙城”两句，高度概括而又生动地表现出将士出征、英勇作战的情景。这四句叙事夹抒情，爱国热情洋溢于字里行间。“雪暗凋旗画，风多杂鼓声”，既是实景的描写，又是气氛的渲染，使读者从视觉、听觉、触觉各方面感到战场上的气氛。读其诗，宛若身临其境。试看边塞荒凉，风雪交加，战旗招展，战鼓雷鸣，这是一种多么震撼人心的壮烈的战斗场面啊！“大漠风尘日色昏，红旗半卷出辕门。前军夜战洮河北，已报生擒吐谷浑。”王昌龄在这首《从军行》中所写的感情和场面，不正和杨炯的《从军行》具有同样的特色吗？因此我们可以这样说，“宁为百夫长，胜作一书生”，是当时的一些有理想、有抱负的爱国知识分子的共同誓言。诗的气势之豪放，感情之激越，所描写的情景之凄凉悲壮，使人读后感到热血沸腾，似乎有一股强大的力量鞭策你亢奋、进击，这是一种精神力量，形成一种不可抗拒的气势，真是“如决大川，如奔骐骥。……如鼓万勇士而战之”。

下面，再谈谈阴柔美（优美）的特色。有些诗词作品，内容婉转含蓄，感情缠绵细腻，文字秀丽纤巧，意境多含韵味。刘勰在论“隐秀”时说的“义生文外，秘响傍通”，“深文隐蔚，余味曲包”，大概都属于这类阴柔之美。唐诗中有宫词、春怨、闺怨一类的诗，宋词中婉约派的某些代表作，多属这类作品。

玉阶生白露，夜久侵罗袜。
却下水精帘，玲珑望秋月。
——李白《玉阶怨》

燕草如碧丝，秦桑低绿枝。
当君怀归日，是妾断肠时。
春风不相识，何事入罗帷？
——李白《春思》

李白作为一位浪漫主义诗人，他的诗大多是气势宏伟，胸涵天地，笔起风雷，但也有不少闺闱之词，婉约缠绵，小巧秀丽。上面这两首诗，一写“怨”，一写“思”，都是抒情的，感情含蓄、深切而又很有韵致，无叫噪怒张之态，却有婉转妩媚之情，意在言外而情在景中。《玉阶怨》显然是写一位宫女的内心活动。在一个月光皎洁的秋夜，她伫立在玉阶上凝望月亮，不知站了多长的时间了，直到露水湿了罗袜，她才无可奈何地进屋去，放下水精帘子，可是，她仍然那样眷恋着玲珑的月光，舍不得离去。标题有个“怨”字，说明这位宫女如此痴望明月，必然是满腹心事，真是“邈乎如有思”，“愀乎其如怨”，透过神态可以领会其内心的感情。这样的意境是内在的，也可以说是“怨而不怒”吧！而《春思》则是另一种写法：一位少妇怀念远行丈夫，看见那一片春天的景象，见景生情，更增思念之心，觉得春风也是有情之物了。温暖的春风啊！我们彼此素不相识，你为什么要进入我的罗帏之中？诗中直接抒发“春思”之情，但都寓情于景，并以拟人化的手法，使意境表现得婉转别致，富有色彩而又饶有韵味，这是以抒情为主的一种阴柔美的类型。

有不少诗人，抒发的是自我小天地里的离愁别恨，境界狭小，但他们善于渲染环境，气氛浓烈而又深沉含蓄，也引起读者的共鸣。李煜、李清照的词，多半有此特征。

帘外雨潺潺，春意阑珊。罗衾不耐五更寒。梦里不知身是客，一晌贪欢。

独自莫凭栏！无限江山，别时容易见时难。流水落花春去也，天上人间。

——李煜《浪淘沙》

薄雾浓云愁永昼，瑞脑消金兽。佳节又重阳，玉枕纱厨，半夜凉初透。

东篱把酒黄昏后，有暗香盈袖。莫道不消魂，帘卷西风，人比黄花瘦。

——李清照《醉花阴》

上面这两首词的风格很相近，都写愁字，都先渲染环境的清冷寂寞的气氛，再描写离愁别绪，感叹年华流逝，青春不再，言有尽而意无穷，使读者感受到愁的滋味而产生共鸣。李煜作为一个亡国之君，对他的离愁，我们是不会有共鸣的，但是，充满他的词中的愁的气氛，却会使读者根据自己的生活体验，去领略愁的滋味而产生审美感受。李清照的感情，自然也是她独特的生活体验，但是，由于她把深沉的离愁别绪，表现为优美动人的艺术意境，尤其是“帘卷西风，人比黄花瘦”，情景真切，形象鲜明而出语新奇，所以，更具有强烈的艺术感染力。这些词感情细腻而又含蓄，婉转动人。

还有一些写景的诗词，在优美的意境中，表现出一种幽静闲适的生活乐趣，这也属于阴柔美的一类。王维的山水景物诗中，很多作品就具有这种特点，例如："空山不见人，但闻人语响。返景入深林，复照青苔上。"① "木末芙蓉花，山中发红萼。涧户寂无人，纷纷开且落。"② 这里，我还想再介绍一下常建的诗《题破山寺后禅院》：

清晨入古寺，初日照高林。
竹径通幽处，禅房花木深。
山光悦鸟性，潭影空人心。
万籁此俱寂，但余钟磬声。

诗中描写的是一个旭日初升的清晨，山寺内是那么的幽静，竹径、禅房、山光、潭影，都使人感到异常寂静，以至于使心灵也变得似乎一尘不染了。这种境界，正如姚鼎描写的："如初日，如清风，如云，如霞，如烟，如幽林曲涧"。这不就是一种具有阴柔美的艺术境界么？

人们的审美趣味是多样化的，不同的人有不同的审美趣味，就是一个人也有多方面的爱好。人们不仅喜欢雄伟壮阔、激昂悲壮之美，也喜爱

---

① 《鹿柴》。
② 《辛夷坞》。

曲径通幽、渔歌樵唱之美；人们不仅喜欢电闪雷鸣、翻江倒海的场面，也喜欢风和日丽、鸟语花香的美景。同样，人们不仅需要豪情壮志以激励情怀，也需要山水之音以怡情悦性，所以我们不能给美规定统一的格式，也不应因美的形态不同而分优劣。壮美和优美并存，阳刚和阴柔相济，这才能满足人们丰富的精神生活的需要，也才符合人们多样化的审美趣味。

明 盛茂烨《烟寺晚钟图页（潇湘八景图册）》

『声中闻湿，妙悟天开』

——六根通感

据说，有些人的某种感官具有一种特异功能，能打破生理上的视觉、听觉、触觉的界线，但有的学者则表示怀疑。对此，科学上也还未做出确切的解释，尚有待于进一步探讨。我这里要谈的是艺术，在艺术审美中，这种“特异功能”却早已普遍存在。譬如说，通常借视觉所获得的东西，却可以诉诸听觉，西方有些象征派诗人称之为“着色的听觉”①。“红杏”是视觉所及，但在宋祁的《玉楼春》中，它却使人似乎听到春天的喧闹的声音。有时，诗人们又借助于味觉或嗅觉，去表现视觉所得之美，如说香云、香雨、香雾等等。这种艺术美感的“特异功能”，过去为人们所未理解，故往往引起非难和争议。宋祁以“闹”字形容“春意”，有人就觉得“此语殊难著解”，并斥之为“极粗俗”。其实，人的五官虽各司其职，但当他们把信息输入到大脑神经中枢之后，是可以互相沟通的。我国古代佛家就有“六根互用”之说，《涅槃经》云：“如来一根能见色闻声，嗅香别味知法，一根现尔，余根亦然。”《楞严经》中说“无目而见”“无耳而听”“非鼻而闻香”“异舌知味”“无身觉触”等等，都属“六根互用”。西方文艺理论中把这种现象称之为“通感”。自朱光潜、钱钟书两位先生把“通感”说

① 参见朱光潜《诗论》

介绍到我国之后，许多古代诗词中被认为是奇特的现象，都可以理解了。艺术中的“通感”现象之产生，一是有其生理基础，即五官信息在大脑中枢中的相互作用，再则由于艺术的联系和想象沟通了五官在“感知”中的相互作用，调动了五官的各自功能，使“意象”成为感觉的复合体，使读者获得综合的但又是具体的形象。

我国古代诗词中，对“寒”“香”“湿”等字的运用，就充分发挥了“六根互用”的特点，从而使之随物赋形，变化无穷，表现出种种意境，极尽意趣之美。

先说“寒”字。按通常理解，“寒”是冷的一种感觉，如天寒、风寒、水寒等等，这是人和外界自然之物接触所获得的一种生理上的感觉。但这种生理上的感觉，必然变成心理的感觉，因此，在诗词中直接描写感觉中的“寒”以表现某种特定的景物或心情，这是极为普遍的。例如：“饮马渡秋水，水寒风似刀。”① “香雾云鬟湿，清辉玉臂寒。”② “戟枝迎日动，阁影助松寒。”③ “又恐琼楼玉宇，高处不胜寒。”④ “乍暖还寒时候，最

① 王昌龄《塞下曲》。
② 杜甫《月夜》。
③ 刘禹锡《春日退朝》。
④ 苏轼《水调歌头》。

难将息。”[①]这些，都是生理常规对自然界的直感。当然，在诗词中，这种直感都成为审美主体心理的反映，所以，写“寒”是为了抒情，而不是物理学上温度的说明。作者对“寒”的感觉，也不只停留在生理的直觉阶段，而是和主观感情结合，或以描写环境，或以渲染气氛，或以表现内心的凄苦寒冷或以比喻人情世态的变化。如此等等，不一而足。“寒”是一种直感，一旦进入艺术描写，它就具有直觉、形象的特征，故多于形象思维中出现，这是很自然的。

由于艺术中的“通感”作用，“寒”不仅直接诉诸人们的触觉，还可以诉诸听觉、视觉，“寒”不仅使读者感到有声有色，而且似乎还有重量。艺术中对“寒”的表现，也是调动了各种感官的作用，形成感觉的复合，增强了它的艺术表现力，使形象思维开拓了奇妙的领域，使文艺作品具有独特的审美作用。杜甫在《冬日洛域北谒玄元皇帝庙》中，有“碧瓦初寒外”之句，清叶燮对此做了很好的阐释，他说：“初寒无象无形，碧瓦有物有质，合虚实而分内外，吾不知其写碧瓦乎？写初寒乎？写近乎？写远乎？使必以理而实诸事以解之，虽稷下谈天之辩，恐至此亦

---

① 李清照《声声慢》。

穷矣。”他认为这五字的情景是：“呈于象、感于目、会于心，……划然示我以默会想象之表，竟若有内有外有寒有初寒，特借碧瓦一实相发之，有中间，有边际，虚实相成，有无互立，取之当前而自得，其理昭然，其事的然也。”显然，这就是“通感”所形成的“意象”，其关键在于艺术的“默会想象”。碧瓦本来是透过视觉可见，但这视觉使人通过碧瓦似乎感到初寒。这初寒不一定是在玄元皇帝庙内的直接感受，而是看到那高耸入云以致感到“日月近雕梁”的琉璃碧瓦，似乎感到外界的初寒。这是当时由于“默会想象”而产生的感受，碧瓦具有寒的感觉，而初寒又转化为有内外界域、有形有质的可感之物象，这就是艺术“意象”给人的审美特征。这种意象是可以感受的，但是不必一定要“以理而实诸事以解之”，否则就不成为艺术了。

平时，我们说“绿得发冷”，由绿而引起冷的感觉，所以诗词中又常把“寒”和“碧”联系起来。旧题李白《菩萨蛮》有“寒山一带伤心碧”之句，山而有寒之感，是透过“碧”感受到的，而这一碧一寒，又都为了表现“伤心”二字，这样，我们对这首词，就获得一种综合的感受。

“云竹低寒翠”“夕寒山翠重”[1],也是把“寒”和“翠”联系在一起，都具有相同的艺术效果。人的视觉，本来只能辨形和色，但通过视觉感官可以引起寒和热的感觉，所以，由碧翠引起寒冷之感，由月色也会引起类似的感觉。月光就其本色来说，或云白，或云清，但诗人们通常喜欢以寒形之。李商隐诗云：“晓镜但愁云鬓改，夜吟应觉月光寒。”[2]李白诗云：“月寒江清夜沉沉。”[3]望月而生寒冷之感，可能是和对广寒宫的联想有关，所以，月光也使人产生寒冷的感觉了。“吴牛喘月”，是由于牛没有艺术的想象，怕热，因此把月亮当太阳，这是生理上的条件反射所致。可见，艺术感觉的特异功能，是和人们的丰富的想象力分不开的。

声音，本来是诉诸听觉的，但由于通感作用，也可以具有寒意，以寒形声，使得声也人格化，并更具感情色彩。这里，让我们先来欣赏杜甫的一首绝句：“欲作鱼梁云覆湍，因惊四月雨声寒。青溪先有蛟龙窟，竹石如山不敢安。”[4]在杜诗中，这并不算是著名之作，但却也别具一格。从表面上看，作者无非是写欲作鱼梁以捕鱼的情趣，因

---

① 转引自胡应麟《诗薮》。
② 《无题》。
③ 《白纻行》。
④ 《绝句四首》之一。

云施雨作，水深湍急，鱼梁难设，如此而已。其实，这也是有寓意的，作者寄托理想，有所追求，然环境险恶，难以实现，所以，诗中渲染了一种惊险、寒冷的气氛。“因惊四月雨声寒”，寒是气候的反映，但是，作者并没有直接写因雨而如何感到寒，却是写“雨声寒”，这不是文字游戏，而是别有妙趣。寒由雨起，雨必有声，闻之有声，觉之而寒，则视听之区，由表及里、彻里彻外，无不寒矣！类似的写法，在我国古代诗词中并不少见，例如：

杀气三时作阵云，寒声一夜传刁斗。

——高适《燕歌行》

御炉香焰暖，驰道玉声寒。

——窦叔向《春日应制》

细雨梦回鸡塞远，小楼吹彻玉笙寒。

——李璟《浣溪沙》

卷帘阴薄漏山色，敧枕韵寒宜雨声。

——秦韬玉《题竹》

无人花色惨，多雨鸟声寒。

——李嘉祐《江阴道中》

五更晓色来书幌，半夜寒声落画檐。

——苏轼《雪后书北台壁》

在这些诗词中，刁斗声、玉笙声、雨声、鸟声，都使人产生寒意。从物理学和生理学的观点看，声音怎么会具有冷热的功能呢？说“雨声寒”“鸟声寒”不是违反常理吗？然而，在艺术中，不但可以，而且还更增强艺术效果，使读者感受更深。以李璟《浣溪沙》为例：

菡萏香销翠叶残，西风愁起碧波间。还与容光共憔悴，不堪看。

细雨梦回鸡塞远，小楼吹彻玉笙寒。多少泪珠何限恨，倚栏干。

这首词通篇写的香销叶残之景，以衬托一位容光憔悴的人。主人公孤独、愁恨，在细雨绵绵、西风飕飕的夜晚，独倚栏干，珠泪不尽。作者没有明说主人公恨什么、愁什么，但读者却深深为此情此景所打动了。这里的景，是清冷寂寞之景，主人公的心情也是冰凉之情；西风、细雨，已是一片寒意，主人公的内心，似乎更是达到结冰点了，所以小楼玉笙的声音，也带来了寒意。显然，这不单纯是自然景物的反映，更主要的是主人公的主观感受，所以，“小楼吹彻玉笙寒”一句，

宋 夏珪《冒雨寻庄图》

就使人在感觉、视觉、听觉之间，都有寒的感受，感情气氛就被十分强烈地表现出来了。可见，古代诗词中以寒形声，并非为了追新逐异，而是诗人们在长期艺术实践中，领悟到“通感”之妙，才有意从多方面调动语言文字的艺术功能。以“寒”字来说，除了上述种种用法之外，它甚至还可以使人觉得它具有体积和重量呢！宋祁《玉楼春》中的“绿杨烟外晓寒轻”，欧阳修《蝶恋花》中的“雨后轻寒犹未放”，不就是以轻重形容寒意么？由此看来，古人写诗下字，乍看起来，似乎随心所欲，其实却大有讲究。寒字的种种用法，都是围绕一个中心，那就是力图使人们从视觉、听觉、触觉各方面感受到景物之寒；而所有景物之寒，又都是为了烘托人的思想感情，这都有待作者的匠心独运，并不是随意能奏效的。

再说“香”字。

宋代蔡正孙在《诗林广记》中，引胡苕溪云：“太白《宫词》云：‘梨花白雪香。’子美《咏竹》云：‘风吹细细香。’二物皆无香，而二公皆以香言之，何耶？”张宗泰在《诗林广记》跋文中指出：“太白《宫词》云：‘梨花白雪香。’梨花香三字，人人解道。惟中间以‘白雪’字，才见文人思绪通灵之妙。胡苕溪怪其白雪无香而以香言之，何其说诗之痴耶！”[①]这场小小的争论，倒是涉及对艺术审美通感现象的认识问题：无香之物，能否以香言之？此其一。属视觉所及之物，能否以嗅觉形之？此其二。如就生活常理而言，二者俱可做出否定的回答，但就艺术审美而言，则又可以做出肯定的结论。香是嗅觉，按黑格尔的看法，“嗅觉只涉及空气中飞扬的物质，味觉

① 参见《鲁岩所学集》。

只涉及溶解的物质”[①]，它们与艺术无关，只能产生快感而不能产生美感。其实不然，当嗅觉中的事物被传送到大脑神经中枢，经过艺术加工，融会为艺术感觉的复合体，就可以使无香之物有香，把属于快感之香转化为美感，这就是张宗泰说的“思绪通灵之妙”。说到“香”字，在我国古代诗词中被普遍使用，主要用于表现美好的事物，而且是直接通过有香味的事物去描写的。如“御炉香焰暖，驰道玉声寒”[②]，这是香料焚烧发出的香气；“水急客舟疾，山花拂面香”[③]，这是山花香；“风吹柳花满店香，吴姬压酒唤客尝”[④]，这是柳花香，可能还夹以酒香，因为酒店内饯别，酒香可闻；“零落成泥碾作尘，只有香如故”[⑤]，“疏影横斜水清浅，暗香浮动月黄昏”[⑥]，这是写梅花香。如此种种，俱乃香而可闻者也，但是，由于艺术的联想和通感作用，无香之物，亦可拟之有香。“梨花白雪香”，由梨花而联想到白雪，则由梨花香而感到白雪也似乎有香味了。这不正是刘勰说的“诗人感物，联类不穷”的奇妙作用么？至于说到写竹，按其本性来说，也很难说它是以

① 《美学》第一卷。
② 窦叔向《春日应制》。
③ 李白《秋浦歌》第十一。
④ 李白《金陵酒肆留别》。
⑤ 陆游《卜算子·咏梅》。
⑥ 林逋《山园小梅》。

香气为主的植物，但诗人们却常以香字形容它。杨慎《升庵诗话》“竹香”一条谈到这个问题，他说：“杜子美‘雨洗涓涓净，风吹细细看’；李长吉《新笋》诗：‘斫取青光写楚辞，腻香春粉黑离离’；又昌谷诗：‘竹香满凄寂，粉节涂生翠’。竹亦有香，细嗅之乃知。”看来，杨慎也是从有无香味来解释的。其实，竹不必一定要有香味，方以香写之，如果一定拘泥于“细嗅之乃知”，则“腻香”二字就不可解了。李贺原诗云：“斫取青光写楚辞，腻香春粉黑离离。无情有恨何人见？露压烟啼千万枝。”[①]诗人在这里并不斤斤计较新笋是否有香味，正如王琦所注，这是以香来“咏新竹之美”，则所谓的香，不一定是味觉之香；又作者在竹笋青皮上题诗，这“腻香”主要是暗示诗作，可惜好诗无人赏识，芳香无人闻得，只供“露压烟啼”，这怎不令人产生“无情有恨”之感？李贺不仅以“腻香”形容新笋，而且以“啼”字表现“烟”，也很奇特，但这也是艺术想象，在“无情有恨”的气氛中，烟也会啼了。

诗人们不仅用“香”字表现竹子，还用以表现一些没有丝毫香味的事物。《升庵诗话》卷七

① 《昌谷北园新笋四首》之一。

“香云香雨”条云：“雨未尝有香也，而李贺诗‘衣微香雨青氛氲’，元微之诗‘雨香云淡觉微和’；云未尝有香，而庐象诗云‘云气香流水’。”卷四《巫山曲》条引罗隐诗云：“下压重泉上千仞，香云结梦西风紧。”又杜甫《月夜》云：“香雾云鬟湿，清辉玉臂寒。”这里的云、雨、雾，都变成有香味之物了。其实，这些都是艺术思维中的通感现象，因此有视觉所及而与嗅觉无关的事物，在艺术作品中，也可以通过嗅觉去领略其美了。说“雨香”“云香”，都极誉其美，所以，与其说是“香”，不如说是“美”，这也是艺术“思绪通灵”之妙。明代诗人习用“声香”二字，据钱钟书先生考证，古人常以声为馨之假借，故“馨香”往往被写成“声香”，这是从训诂学的角度找到汉文词汇之演变。但是，明代诗人却着意以“声香”入诗，则恐怕不再是假借，而是因它具有通感之妙的缘故吧？钱钟书先生所引的“声香还未去，幽趣复何寻”[①]，“香声喧橘柚，星气满蒿莱”[②]等等，显然就是写“声”而有“香”了。《红楼梦》中写林黛玉读了《西厢记》，“觉词句惊人，余香满口”，读其词句而觉口有余香，看来，这也是艺术的通感作用所致。

① 王铎《宿观音寺》。
② 阮大铖《张兆苏移酌根遂宅》。

用同样的道理，我们也可以领略旧诗词中对“湿”字的运用。湿，是有水分的东西给人的一种触觉，所以具体之物才可能湿。例如说：“香雾云鬟湿”，是雾把头发沾湿了；“江州司马青衫湿”，是眼泪把衣服润湿了；“晓看红湿处，花重锦官城”，是夜雨把花淋湿了；“行云莫自湿仙衣”，则是云把衣裳浸湿了；“胡雁翅湿高飞难”，是写飞鸟被雨淋湿了①。这些都是在正常意义上用“湿”字，它使读者获得具体的、感性的感觉，使诗的语言具有形象化的特点。但是，有时候，湿不一定都是具体之物，王安石《明妃曲》云：“明妃初出汉宫时，泪湿春风鬓脚垂。”这里说的是“泪湿”，但不是“江州司马青衫湿”，而是湿了春风。由春风，人们自然就联想到明妃的面庞，“泪湿春风”自然比“泪流满面”之类的描写更含蓄，更有风韵。冯延巳的《南乡子》中有“细雨湿流光，芳草年年与恨长”和“细雨湿秋风，金凤花残满地红”之句，如果说，细雨湿了芳草，湿了金凤花，那都是平常现象，但词人说湿了“流光”，湿了“秋风”，则不仅花草湿了，整个周围环境，整个意境都充满了湿的感觉。流光指光阴，是时间概念，怎么会湿呢？秋风可以

---

① 以上引诗除“江州司马”句引自白居易《琵琶行》外，俱系杜甫诗句。

诉诸听觉，当然也可诉诸触觉，但既非凉，也非热，而是湿，这就使无形的流光、秋风，变成可视、可听而且可捉摸的具体之物。下一湿字，不仅语言更为形象化，词的整个意境，也更具体形象了。说到这里，我们又自然想到杜甫诗《船下夔州郭宿雨湿不得上岸别王十二判官》，正如诗题所示，因雨湿不得上岸而作，故诗中写道："风起春灯乱，江鸣夜雨悬；晨钟云外湿，胜地石堂烟。"大概很多人对"晨钟云外湿"不大理解，任意加以改动，把"云外"改为"云岸""云磴""云径"等，这显然是以为"云外湿"不通，因而妄改。殊不知，这样一改，只不过把"晨钟"和"云岸"各不相干的事物拼凑在一起，缺乏可以进一步玩味的意境。"晨钟云外湿"则不同，叶燮在《原诗》中对此做了精辟的解释：

因闻钟声有触而云然也。声无形，安能湿？钟声入耳而有闻，闻在耳，止能辨其声，安能辨其湿？目"云外"，是又以目始见云，不见钟，故云"云外"然此诗为雨湿而作，有云然后有雨，钟为雨湿，则钟在云内，不应云"外"也。斯语也，吾不知其为耳闻耶？为目见耶？为意揣耶？俗儒于此，必曰："晨钟云外度"，又必曰："晨钟云外发"。决无下

“湿”字者。不知其于隔云见钟，声中闻湿，妙悟天开，从至理实事中领悟，乃此境界也。

叶燮说的“妙悟天开”，就是艺术思维中的通感作用。杜甫写雨湿，在艺术思维过程中，似乎觉得所见、所闻俱湿。原来，神思想象，可以“视通万里”，作者可以隔云见钟，钟既湿，则钟声中也闻湿了。所谓“意揣”，就是神经中枢的思维能力，它通过想象和联想，沟通了视觉、听觉、触觉功能，故“湿”不仅可触，而且还可见可闻了，这不也就是艺术美感所特有的功能么？严沧浪讲“妙悟”，叶燮也认为这是“从至理实事中领悟”得来的“境界”，可以说，这就是形象思维所独具的特征。如果把“晨钟云外湿”改为“云外度”“云外发”，则只有抽象的叙述，而无具体形象的感觉，也就没有令人“心游目想”的艺术境界了。

『划然示我以默会想象之表』

——现量直观

叶燮在《原诗》中分析到诗的审美特点时，提出了“划然示我以默会想象之表”“遇之于默会意象之表”的论点，的确是很深刻的、符合诗词审美内在规律的见解。它揭示了诗歌审美的形象性与想象性的特征，表明了形象思维和抽象思维的差别。这种认识和佛家因明学中的“现量”说，在理论上是近似的，所以王夫之多次用“现量”说去解释诗歌审美的上述特征，这是值得我们重视的。

因明是古代印度的“五明”之一，五明就是五种学科，犹如我国古代的“六艺”之类。其一为声明，属语言文字之学；二为工巧明，属工艺数术之学；三为医方明，属医方巫术之学；四为因明，属逻辑推理辩论之学；五为内明，属研究佛教各派经典之学。因明学所涉及的内容，不单纯是逻辑推理和论证方法，还包括认识论、修辞学等方面的学说。关于认识过程和思维方式的研究，提出了“三量”说，即“现量”“比量”“圣教量”，其中主要是现、比二量，是两种不同的思维方式。简而言之，现量属感觉知识，是对事物的直观知识；而比量是理性知识，是对事物进行逻辑推理所获得的知识。现量认识的是“自相”，比量认识的是“共相”，这是个别和一般之别。这两种思维方式，也就是我们常说的艺术思维和科学思维方法，亦即所谓形象思维和逻辑思维的区别。王夫之有一篇《相宗络索》，对现、比二量做了具体说明。他说：

> 比者，以种种事比度种种理，以相似比同。……此量于理无谬，而本等实相原不待比，此纯以意计分别而生。

> 现者，有现在义，有现成义，有显现真实义。现在不缘过去，作影现成，一触即觉，不假思量计较，显现真实，乃彼之体性本自如此，显现无疑，不参虚妄。前五根于尘境与根相合时，即时如实觉，知是现在本等色法，不待忖度，更无疑妄。

显然，比量具有逻辑推理的性质，而现量则具有形象直观的性质，其差别很清楚。从王夫之的论述中，可以看出“现量”具有以下几个基本特征：第一，现实性，即客观事物的直接反映。第二，直观性，即作影现成，一触即觉，不假思计。第三，真实性，即不虚妄，是现实事物的真实显现。按佛家因明学的说法，这是“五根照境分明”[①]，即五官感觉所直接获得的感性知识，不借助于逻辑推理，不掺杂抽象概念。在我国古代美学理论中，直接运用“现量”的理论去衡量诗歌的艺术特征，王夫之恐怕可算得是首创，而他对作品的举例分析，也确足以说明诗歌的艺术特征。我们试先看看他下面的这一段议论吧！

> “僧敲月下门”，只是妄想揣摩，如说他人梦，纵令形容酷似，何尝毫发关心？知然者，以其沉吟“推”“敲”二字，就作他想也。若即景会心，则或推或敲，必居其一，因景因情，自然灵妙，何劳拟议哉？“长河落日圆”，初无定景；“隔水问樵夫”，初非想得：则禅家所谓现量也。
>
> ——《薑斋诗话》

应该说，这是懂得诗的艺术的行家里手，才能具有此真知灼见，而不是矮子观场，人云亦云。关于贾岛的诗《题李凝幽居》，曾有过这样一则趣话：贾岛于驴背上得“鸟宿池边树，僧敲月下门”一联，初下推字，后拟改为敲字，以手作推敲之势，未能定夺。路遇韩愈，韩在马上沉吟了

① 文轨：《因明入正理论疏》，又名《庄严疏》。

南宋 佚名《溪山仙馆图》

一阵，对贾岛说："作敲字佳矣。"这是否确有其事，不得而知，但"推敲"之说，从此成为诗坛佳话。平心而论，"敲"字不仅见其形态，还如闻其声，就其可感性来说，是要比"推"字好一些。王夫之所以批评其为"妄想揣摩"，是认为应该就实际情景而定，不要脱离现场而凭主观沉吟推敲，也就是说或推或敲，应有"现成义"，应是"即景会心"所得，而不是主观想出来的，所以，他接着又以“长河落日圆”“隔水问樵夫”为例，说明这个道理。“大漠孤烟直，长河落日圆”，这是王维《使至塞上》中的诗句，诗人在出使塞外的亲身经历中，看到荒凉的大漠，笔直的孤烟，漫长的黄河，圆圆的落日，这些自然景物，随时变化，气象万千，诗人即景会心，自然得之，并非凭主观想象，更非凭空杜撰。同样，王维的《终南山》一诗也具有这些特点：

太乙近天都，连山到海隅。
白云回望合，青霭入看无。
分野中峰变，阴晴众壑殊。
欲投人处宿，隔水问樵夫。

前人对这样一首鲜明如画的诗，也曾有过一些奇谈怪论。《唐诗纪事》中说，有人认为这是“议时之作”，“太乙”“连山”句，“言势焰盘据朝野也”；“白云”“青霭”句，“言有表而无其内也”；“阴晴”句“言恩泽偏也”；最后两句是“言畏祸深也”。这不是鉴赏艺术，而是拆字打卦，把好端端的一首诗，变成符谶之文了。其实，王维在这里写的是他游终南山过程中的“实觉”，也就是王夫之说的“身之所历，目之所见”，并非是“想得”，故比之为“禅家所谓现量”。王维在这首诗中，根据他所看到的实景，给读者勾画了一幅雄伟多姿的终南山的形象。虽然短短八句，但却做了多侧面、多角度的描写，而每一情景，都是“即目”“所见”；而所见者，又都是远景的勾勒，而非近景之写生，所以令人产生一种如“蓝田日暖，良玉生烟，可望而不可及”（司空图语）的感觉，获得一种雄伟寥廓的意境，大有意余于象、景外有景之趣。首联乍一读来，似乎近于“比量”，只概念化地说明终南山高大，其实不然，这是对终南山的总轮廓的描写。“近天都”“到海隅”，无非言其高大连绵，这不是地理的实际测量，而是带有艺术夸张的描写，也是艺术的观照，但它确实是终南山给人们的“意象”，是“作影现成”而不是“纯以意计”。有人认为首联是写入山之前的终南山远景，中间两联都写入山途中近景，但细细体味全诗意境，似乎不一定如此理解，倒是把全诗看作是作者登临终南山后的感受似更合情理一些。“太乙近天都，连山到海隅”，与其说是从平地上遥望终南，倒不如说是在太乙峰上远眺产生“近天都”“到海隅”的感觉。下面“白云”“青霭”所写，俱为山中所见，以及在茫茫云海雾气之中的感觉。而“分野中峰变，阴晴众壑殊”，也是在山中眺望所见的景象。终南山的美景，实在令人如登仙界，流连忘返，乃至下山，时间已晚，所以很自然地要找个地方住宿，隔水听见樵夫伐木之声，才高声呼唤，向他打听何处有人家可以投宿。斯情斯景，都是所见所闻的实景，诗人“一触即觉，不假思量计较，显现真实”，也就是“初非想得”，这都是符合“现量”之旨的。可见，“现量”要求的“现在义”“现成义”，就是对客观事物的直接感受，如实反映。王夫之还举了“池塘生春草”等诗句为例，说明这些诗“皆心中目中与相融浃，一语出时，即得珠圆玉润，要亦各视其所怀来而与景相迎者也”[①]。钟嵘在《诗品》中说：“观古今胜语，多非补假，皆由直寻。”所谓直寻，也就是“既是即目”“亦惟所见”，这些看法，和“现量”的理论也是一致的。

关于诗歌中的“现量”，王夫之还有这样一段议论：

> “蝉噪林逾静，鸟鸣山更幽”，论者以为独绝，非也。……“逾”“更”二字斧凿露尽，未免拙工之巧，拟之于禅，非、比二量语所摄，非现量也。
>
> ——《古诗评选》

① 《薑斋诗话》。

从这段话中，我们可以看出，王夫之是自觉地运用“现量”的理论来品析诗歌的。王籍的《入若耶溪》诗中的“蝉噪林逾静，鸟鸣山更幽”世称警句，被认为是以动写静的范例，杜甫诗中不也有“伐木丁丁山更幽”[①]之句么？但按“现量”衡之，仍嫌有不足之处，因为“逾”“更”之类字眼，是比较级的形容词，本身是抽象的概念而无具体直观的形象，属“比量”，甚至可能导致“非量”，即根据一些假象和错觉，获得歪曲的、错误的知识。“逾静”究竟静到什么程度？“更幽”究竟有何直感？这都难以“显现真实”，亦非“作影现成，一触即觉”，故被王夫之视为“斧凿露尽”，而非“自然灵妙”之佳品。这确是独到的见解，也可看出他以“现量”论诗，要求具体形象，诉诸感官直觉，使读者获得直观的感受，而不是抽象的概念。对直观感觉，王夫之称之为“实觉”，禅家称之为“实证”“实悟”，王国维称之为“实念”。因为艺术是具有形象性的，它要通过人们的视听之区，获得直观的知识，形成鲜明生动的艺术形象，表现出优美的意境，所以，在表现手法上，也要求自然生动，即物达情，忌人工雕琢，饾饤成篇。故王夫之又说：“征故实，写色泽，广比譬，虽极镂绘之工，皆

① 《题张氏幽居》。

匠气也。又其卑者，饾辏成篇，谜也，非诗也。”

总之，以“现量”论诗，对我们探索诗歌的艺术规律，认识艺术审美的特征，进而领会形象思维和逻辑思维的关系，都具有十分重要的意义。王夫之说：“禅家有三量，唯现量发光，为依佛性，比量稍有不审，便入非量。况直从非量中施朱而赤，施粉而白，勺水洗之，无盐之色败露无余，明眼人岂为所欺邪？”[①] 这段话包含有丰富的美学内容，是对我国古代审美理论的重要贡献，我们应该加以深入研究，发掘出其中的美学意蕴。

① 《薑斋诗话》。

『心有灵犀一点通』

——感觉的复合

文学艺术反映现实生活，是一种综合的形象反映。艺术审美的最大特点，也在于各种官能在对现实生活的综合感受中，经过艺术的加工而获得美感。审美心理活动，是一种复杂而又独具特色的思维活动。当然，任何一种思维活动，譬如说逻辑推理、抽象思维，也都离不开对各种感官所输入的外界信息的综合和抽象，但这种思维活动一旦进入抽象的过程，就舍弃了事物感性的、具体形象的特质而形成抽象的概念和理论。文学艺术的审美思维活动则不同，它对事物的综合，则保留感官所获得的感性特征。如果我们借用列宁在《唯物主义和经验批判主义》中所批驳过的英国主观唯心主义哲学家贝克莱的一句话，那么，艺术审美心理活动也可以说是“感觉的复合”。当然，这不是机械的复合，而是大脑中枢神经按照美的规律所进行的信息处理，是艺术典型化的工作。因此，在艺术创作中，作家们总是要充分运用人的五官的特殊功能，从各个方面去感知事物，并通过大脑中枢沟通、调节，通过六根通感，而达到综合感知的目的。我们在欣赏一首诗、一幅画、一支曲子的时候，往往也不只是某一种感官功能的单一活动，而是多种感官的多功能的活动。审美心理活动本身就是多成分、多层次的综合意识活动。我们常赞誉成功的艺术形象是“栩栩如生”“跃然纸上”“如闻其声”“如见其人”“如临其境”，这都表明艺术作品本身及其给人的审美感受的多功能性，是视觉、听觉、味觉、嗅觉、触觉的综合产物。

记得小时候在国文课本中读过一则谜语说：“远观山有色，近听水无声。春去花还在，人来鸟不惊。”这是打一幅山水花鸟画。这则谜语倒揭示了绘画审美中各种官能的作用。绘画本来是视觉艺术，但是，一幅画引起人们的美感，绝不是单一的感觉。我们似乎看到碧玉般的远山、清幽的流水、艳丽的鲜花，还似乎听到泉水潺潺、鸟声婉转，闻到花香、感到水寒，这都是综合的感受。画既如此，诗词亦然。根据上述理解，我们再来赏析李清照的名作《声声慢》，就更有兴味了。

寻寻觅觅，冷冷清清，凄凄惨惨戚戚。乍暖还寒时候，最难将息。三杯两盏淡酒，怎敌他，晚来风急。雁过也，正伤心，却是旧时相识。

满地黄花堆积，憔悴损，如今有谁堪摘。守着窗儿，独自怎生得黑。梧桐更兼细雨，到黄昏，点点滴滴。这次第，怎一个愁字了得！

元 倪瓒《岩居图》

这首词因其巧妙地运用叠字而为人所知，不少人也因此而大加赞誉，有的比之为“大珠小珠落玉盘”，有人称之为“绝唱”，这都有道理，但是李清照的《声声慢》之所以成为“绝唱”，主要还是由于其缠绵深沉的感情和独到的艺术手法。“怎一个愁字了得”，这是全词的基调，这个“愁”字在李清照那里有其特殊的社会内容。它不是一般的淡淡闲愁，更不是那些贵妇人在吃饱喝足之后的无聊愁绪，它抒发的是她亲身经历的国破家亡之恨、生离死别之哀、流离颠沛之苦、孤苦零丁之愁。这种愁，是李清照所遭遇的苦难和不幸的切肤之痛，是她内心的悲痛伤感之情的升华。她亲眼看到北宋王朝的覆亡，亲身经历了幸福美满家庭生活的破灭，南渡后失去丈夫的痛苦以及她在丈夫死后的一系列不幸遭遇，都使她在内心深处积淀了难以言说的、深深的哀愁。这种思想感情，在《声声慢》中获得尽情的抒发和倾吐，钩心摧肝，一字一泪。作为婉约派正宗的李清照，这首词确可算是代表作。

全诗以“愁”字为基调，作者运用了各种艺术手段充分发挥各种感官功能的作用，通过情景交融的表现手法，创造了一个凄风苦雨的典型环境，以衬托作者愁苦难禁的主观感情。这里写到的一切景物，都和主观心情是一致的，主客观之间的信息传递，构成了优美的意境，使人感到犹如身历其境，产生强烈的艺术效果。

“乍暖还寒时候，最难将息。三杯两盏淡酒，怎敌他晚来风急。”这是写景，突出一个“寒”字，是诉诸触觉的。乍暖还寒是自然气候的反映，“乍暖”是陪衬，“寒”是主要的感觉，与其说这是自然界给人的寒意，倒不如说是作者内心世界的冰冷感情的反映。酒是可以给人以温暖的，尤其可以令人热血沸腾，可是，外界的风风雨雨，再加上心灵深处已接近冰点的感情，使人感到里里外外都是寒气逼人。“怎敌他”三字是很有分量的，晚来风急，里外交寒，三杯两盏淡酒是无济于事的。寒冷的感觉，和人内心的孤寂忧愁的感情，互相映衬。寒是一种触觉，外界的寒冷之感，通过触觉，传递到神经中枢，和内心深处的感情相结合，就形成具体生动的令人心寒的意境，从直觉上就可感受到它的艺术感染力。

词的下阕，分别诉诸视觉和听觉去塑造艺术形象，表现主观的感情。“满地黄花堆积，憔悴损，如今有谁堪摘？”经过风风雨雨的摧残，憔悴的黄花，纷纷飘落，堆积满地，这既是感物之词，也是自怜之语。花儿憔悴凋落了，人也一天天衰老了，作为封建社会里的一位多愁善感而又有才有学的女性，历尽人间苦难，失去亲人，客居异乡，青春已逝，老之将至，孤苦零丁，无依无靠，在这样凄风苦雨的黄昏时分，独自守着窗儿，触景生情，抚今思昔，怎能不令人心寒！这是视觉所得的感受，是凭视觉获得的艺术形象，而“梧桐更兼细雨，到黄昏，点点滴滴”，则是通过听觉给读者的直接感受，也可以说是听觉形象。黄昏时分，视觉所及渐渐模糊了，夜幕即将吞没大地，然而，细雨洒在梧桐上，点点滴滴，清脆入耳，倍增寒意和愁绪。此情此景，不仅令人心寒，而且感到心碎。

以上我们分别谈了触觉、视觉、听觉在《声声慢》中的不同功能，但这三方面并不是各自孤立的。由于审美心理活动中的联想、想象等等作用，感官所获得的信息，又不断地与审美主体在往日生活中的记忆和大脑中所储存的各种表象结合起来，互相沟通、互相作用，真可以说是“心有灵犀一点通”。当各种感官活动都被调动起来，各种信息和内心融合，通过主观精神活动进行艺术创造而成为艺术意境之后，它就不再是个别感官的单一感觉，而是一种综合的艺术感受，具有强烈的艺术感染力。我们就是在这个意义上，把它称为“感觉的复合”。李清照在《声声慢》中充分发挥各种感官功能的同时，还善于对感情和景物做气氛的渲染，增强了艺术意境的可感性，也增强了读者在鉴赏过程中的主观感受力。如前所述，这首词的基调是“愁”字，抒发的是一种伤感、凄凉的感情，所以，词的一开头就连用十四个叠字，先声夺人，直抒胸臆，感情好似决口河水，喷涌而出，一放难收。在这秋风秋雨万般愁人的傍晚，她一个人孤零零地沉湎在回忆之中，幻想寻求那失去的一切、寻找那失去的温暖和幸福，然而，残酷的现实却是那么无情。她面对着风风雨雨的晚景，怎能不感到冷冷清清、凄凄惨惨？而这种还来不及诉诸理智的感情，又是那么冲动，以致脱口而出。这十四叠字，决非文字游戏，而是真情实感的自然流露，是天籁自鸣，不假雕琢，后人效颦，难免要遭“丑态百出”之讥了。这十四叠字烘托了冷冷清清的环境气氛，但这毕竟只是虚写，必须以具体描写实之，所以，下面的一系列描写就充分运用各种感官之功能，从各方面进一步渲染气氛，使得感情层层深入，气氛层层增厚。“三杯两盏淡酒”，本来是要消愁解闷的，谁知“晚来风急”，更使人“举杯浇愁愁更愁”。这是第一层描写，但这还只不过是表层的描写，而“雁过也，正伤心，却是旧时相识”，则更进了一层。“雁阵惊寒，声断衡阳之浦”，这是王勃《滕王阁序》中的警句，人们总是把大雁和对亲朋久别的怀念之情联系在一起。如果说，李清照过去曾希望获得丈夫的信息而求团聚，那么，现在连寄信人也不在人世了，这怎能不令人伤心？写到这里，伤感的气氛又进了一层。“满地黄花堆积”，意味着作者本人已青春消逝，衰老憔悴，“帘卷西风，人比黄花瘦”，不就是这种感情的表现么？在这里，外景的描写已转入了内心的开掘。写情至此，已是愁肠寸断，不堪忍受了，怎么再能经得住梧桐细雨点点滴滴的侵扰呢？天气、寒风、淡酒、大雁、黄花、梧桐、细雨……汇集在一个“愁”字上，而开头十四叠字，就是各种景物的聚光环，也是各种感官信息交流的焦点。

读了这首词，我们似乎看到李清照孤苦零丁的形象，并为她的遭遇而生发无限同情。

玩味这首词，我们似乎也身历其境：感到晚风的寒意，见到憔悴的黄花，听到点点滴滴的梧桐细雨声；我们似乎也感受到“怎一个愁字了得”这一句的分量。

这就是艺术的魅力！这就是“灵犀一点”在审美思维活动中的作用。

『如闻其声，如见其人』

——传神写照

我国古代绘画理论重气韵、讲传神。南齐谢赫谈绘画六法,第一是“气韵生动”[①];苏东坡论画,主张“传神写照”,这就是说写人写物,都求极尽其神态之妙,而不求一笔一画之细密工整,不求形似,但求神似,当然,最好是神形皆备而富有“神韵”。绘画如此,诗词亦然。古代诗词理论中有“神韵”之说,神韵就是风神气韵,表现出人和物的精神气质、风度韵味,使人感到言有尽而意无穷,味在酸咸之外。司空图说的“不著一字,尽得风流”,其特点是含蓄蕴藉,而神情、韵味俱在其中。小说描写人物,应该“栩栩如生”“跃然纸上”,其妙处就在于善于传神写照,使人们有“如闻其声,如见其人”之感。其表现手法可以是多种多样的,有的通过细节描写,有的通过心理刻画,有的则画龙点睛,简笔勾勒,无论是哪种写法,其目的都是为了把人写“活”,要表现出思想感情、风度气质。诗词不可能像小说那样描写,它必须用简短的文字,达到传神写照的目的,写出神韵来,这就要有其独特的表现手法。在这方面,我国古代的诗人们,通过他们的创作实践,积累了许多丰富的经验。

“诗言志”“诗缘情”“诗主情性”,不管是

---

① 《古画品录》。

怎么说法，诗词是要表现人的思想感情的，因此，在诗词中也就必然要表现出人的鲜明的个性气质和精神风貌。由于诗词文字简短的限制，需要高度概括凝炼而又要富有鲜明的个性特征，诗人在表现人物时，往往只是捕捉某一典型细节、某一典型的环境或几句典型的语言，笔墨不多而有传神写照之妙。例如“千呼万唤始出来，犹抱琵琶半遮面。”①“斜拔玉钗灯影畔，剔开红焰救飞蛾。”②“妆罢低声问夫婿，画眉深浅入时无。”③“商女不知亡国恨，隔江犹唱后庭花。”④等等，都是神情毕具，惟妙惟肖，韵味无穷。下面，我们一同来欣赏杜甫的《闻官军收河南河北》：

剑外忽传收蓟北，初闻涕泪满衣裳。
却看妻子愁何在，漫卷诗书喜欲狂。
白日放歌须纵酒，青春作伴好还乡。
即从巴峡穿巫峡，便下襄阳向洛阳。

如果从文字表面看，这首诗通篇叙事，其实，它却是一首充满激情的抒情诗，全诗一脉贯注的是喜悦之情。韩愈在《荆潭唱和诗序》中说：“欢愉之辞难工，而穷苦之言易好也。”这是就

① 白居易《琵琶行》。
② 张祜《赠内人》。
③ 朱庆余《闺意献张水部》。
④ 杜牧《泊秦淮》。

一般情况而言，并非绝对如此。杜甫诗十之八九是写忧国忧民、思亲念旧之情的，写欢愉之情的不多，但照样写得很好，这首诗就是例证。诗中所写的喜悦之情，不是那种意满志得、赏心乐事之情，而是在长期流离颠沛、穷愁潦倒之后，突然看到了光明的前途，感到温暖和幸福即将到来，迸发出一种带有狂热色彩的感情。这种感情犹如经过漫长的黑夜之后，突然见到曙光；在茫茫无际的沙漠中，突然发现绿洲，喜悦的火花突然爆发。安史之乱，长安失陷，杜甫和家人逃到外地过着流亡生活达七年之久，其《春望》《恨别》诸诗，真实地抒发了诗人的愁苦、伤痛之情。熬过了漫长岁月，突然听到唐王朝官军收复河南、河北的消息，杜甫觉得还乡有望，太平可期，怎能不欣喜若狂呢？然而，要表现这种感情可真不容易，如果只是用“喜出望外”“喜笑颜开”之类去表现，那就流于一般化，写不出人物性格和内心世界。杜甫是用“以形传神”的手法，透过几个典型细节，就把强烈的喜悦感情烘托出来了。官军收复蓟北的消息来得那么突然，诗人还来不及思考，全部喜悦之情就爆裂开了。“涕泪满衣裳”是喜极的表现，只有“涕泪”才足以表现内心深处难以控制的喜悦感情。这时，不仅是杜甫一人喜悦，而且是全家都喜悦，只不过各有各的表达方式。杜甫的喜悦之情中，不只是个人之情，还包括国家之情，内容更丰富，感情更深沉，故而“涕泪满衣裳”。而妻儿们的喜悦，更直接的是回乡之情，表现得外在一些，“漫卷诗书喜欲狂”，这个狂字和“涕泪满衣裳”的“满”字比较，便可以看出同一喜悦心情而神态各不相同。“放歌纵酒”，自然是欢欣的一种表现形式，而“青春作伴好还乡”，则是喜悦心情的归宿。在胜利消息传来的一刹那间，诗人似乎已驾起轻舟，穿过三峡，向洛阳进发了。全诗五十六个字，而人物神态跃然纸上，内心活动，灼然可见，的确可称得上是传神写照的生花妙笔，意生文外，使人玩味不尽。

欢愉之辞固然难工，但穷苦之言也不见得容易，如果在诗词中只写出一副穷愁之态，或呼天唤地，怨天尤人，了无余韵，也不见得是好作品。我国古代论诗，有怨而不怒、哀而不伤、婉约含蓄、比兴寄托的传统，如果我们摆脱汉代儒生说诗的曲解，那么，这些主张也还有可取的地方。在诗中叫噪怒张，总是不大受欢迎的；而婉转含蓄，神态如生，句有余味，篇有余意，方可令人反复咀嚼，耐人寻味。古代诗词中抒写忧愤愁苦之情者很多，其中不少佳作，是运用传神写照的方法去表现的。辛弃疾的词中，直接写愁写恨之处甚多，他是一位爱国词人，满腔国破家亡之恨，满腹伤时愤世之愁，常常情不自禁地形于诗词之中。诸如“遥岑远目，献愁供恨”“可惜流年，忧愁风雨”“恨不尽，愁如织”“休说旧愁新恨，长亭树，今如此”等等，这都是直接叙说，感情虽然强烈，但终究缺少鲜明的艺术特色。而其《丑奴儿·书博山道中壁》一词，写“愁”字则别开生面，饶有韵味。

少年不识愁滋味，爱上层楼。爱上层楼，为赋新词强说愁。

而今识尽愁滋味，欲说还休。欲说还休，却道天凉好个秋！

词中没有具体的人物描写，但围绕着对愁字的感受，却把人物表现得神情如画、意趣盎然。回忆年少无知，未经世态风雨，不懂得什么是愁的滋味，登楼赋词，却要强作愁态，装模作样，自然是很可笑的。如今久经风霜之苦，饱受离乱之痛，真正懂得愁的滋味了，曾经沧海难为水，反而不想说愁了。满腹愁肠，诉说不尽，干脆不说，甚至怕说，因此避开话题，来个“今天天气好”，以求抑制自己内心的愁苦之情。欲说还休是有意不说，不说不等于忘却，而是情不自禁、欲罢不能，更表明愁之深、恨之切。这一对照白描的写法，在辛词中还是少见的，言近而意远，情切而不露，而人物神态活现，极尽传神写照之妙。

同样是抒写愁的滋味，写法不同而有异曲同工之妙者，如李煜的《相见欢》：

> 无言独上西楼，月如钩。寂寞梧桐深院锁清秋。
>
> 剪不断，理还乱，是离愁，别是一番滋味在心头。

作者把自己作为词中的主人公，抒写自己主观的感受，表现出一个满腹愁肠、孤寂凄婉的人物形象。辛弃疾写"识尽愁滋味"时，不直言滋味究竟如何，而是顾左右而言他，说一些不相干的闲话。李煜在这里写的也是愁的滋味，则不是"欲说还休"，而是干脆"无言"，作为亡国之君、过着囚禁生活的李煜，其愁苦之情，自然是更深一层的。他在一个清秋之夜，一个人孤零零地登上西楼，只见新月如钩，庭院深深，梧桐疏影，万般寂寞，离愁别绪，涌注心头，这种滋味是不可言喻的。读这首词，我们首先看到的是一个孤独寂寞的人物形象，风神意态，宛然在目，其内心之痛楚烦乱，虽然不直说，但已深深地感染着读者了。在这短短的三十六个字中，虽无人

明 仇英《临溪水阁图》

物性格的细腻刻画，亦无环境的详尽描写，但却也表现了典型的环境、写出了典型的性格。“寂寞梧桐深院锁清秋”，一句话就概括了李煜所处的环境的基本特色。这是一座阴森的庭院，李煜像一只笼中的鸟儿，被囚禁在这里，他自然是感到痛苦的。“春花秋月何时了，往事知多少？小楼昨夜又东风，故国不堪回首月明中”[①]，这就是他“剪不断，理还乱”的内心写照，这种滋味，自然也是不堪诉说的了。

诗词有咏物、言志、抒情之分，但说到底都是表现人的思想感情，体现人的风神意态。在写作方法上，咏物有咏物之妙，抒情有抒情之趣，而直接表现“我”的形象，通过一两个镜头，或者是一两个典型的心理活动，做到传神写照、气韵生动，产生“味在酸咸之外”的艺术效果，这也是一种独具特色的写作方法。

前面所举的例子，各有各的内容，思想情志也不尽相同。杜甫诗写的喜悦之情，饱含着家国之爱；辛弃疾写的愁，既有家国之爱，又有青春不再之叹；李后主所写的愁，虽也充满家国之恨，但作为亡国之君，其感情则多系一己之私情，和

① 《虞美人》。

杜甫、辛弃疾自不相同。可是，这些作品在写作方法上有一点是近似的，他们都以表现人物为中心，用不同的方法、从不同的角度，着力发掘人的内心活动，使得作品的抒情主人公，一举一动，如见其人，唇吻之间，如闻其声，正如王夫之说的：“夭矫连蜷，烟云缭绕，乃真龙，非画龙也”。从鉴赏者的角度来说，人们自然也是喜爱真龙，而不会是喜爱画龙的。

『不著一字，尽得风流』

——诗贵含蓄

诗贵含蓄，这是我国古代许多有见识的诗人和评论家们，根据千百年来的诗歌创作实践总结出来的一条重要理论，也是人们根据诗歌鉴赏和审美体验所提出的要求。这一理论，是符合诗歌的艺术规律的。诗，应该含蓄一些，才能给读者留有丰富想象的余地，才有言外之意、味外之旨，才能产生“味之者无极，闻之者动心”[①]的艺术效果。袁子才在《随园诗话》中说：“诗无言外之意，便同嚼蜡。”这是很有见地的。在唐人的诗中，我们就可读到许多婉转含蓄、玩味不尽的好诗。李端的七绝《闺情》和金昌绪的五绝《春怨》就是其例。这两首诗题材接近、风格类似，在表现手法上也有一些相似之处，但又各具特色。下面，我们就分别将二诗做简略的分析。

李端，字正己，大历中举进士，官至杭州司马。他的《闺情》一诗是这样写的：

月落星稀天欲明，孤灯未灭梦难成。
披衣更向门前望，不忿朝来鹊喜声。

这首短诗，通篇口语化，明白易懂，近似民歌，然而，却并不使人有一览无余的感觉。反之，

---

① 钟嵘《诗品》。

它的思想感情，表现得非常含蓄蕴藉。全诗运用形象化的手法，把深闺之情，融会于具体、生动的艺术形象之中，意境极为深远、优美。我们读这首诗，开始呈现在眼前的是一个鲜明、生动的妇女形象：在一个星月皎洁的夜晚，一位多情、善感的女子，怀着急切的心情，等待着明天的到来。她躺在床上，辗转反侧，难以成寐，她一次又一次地望着窗外的天色，期待着，盼望着。月亮落山了，天上的星星也逐渐隐没了，眼看快要天亮了，闺房里的孤灯还闪着暗淡的光芒，女主人公再也无法入睡了。当她听到室外传来喜鹊的叫声，就情不自禁地披衣而起，迫不及待地向门前延颈张望，她是多么盼望所期待的事情能如愿以偿啊！可是，她失望了，她懊恼，她沮丧，连喜鹊叫声也恼恨起来了。请看，短短四句诗，把这位妇女的形象，表现得多么惟妙惟肖！

然而，上述一切，还只不过是外在的表象。读者很自然地要问：这个妇女的闺情究竟是什么？她究竟在期待什么？什么事竟使她激动得一夜合不上眼？所有这些，作者在诗中没有具体说明，当然也毋须明说。既然是写闺情，那么其中的意味，读者还是可以大致领略的。诗中的女主人公，也许是一位独守空房的少妇，在期待着远方的丈夫的归来？也许是一个怀春的少女，在期待着被她爱上了的意中人早日托媒人来说亲？这一切都是意在言外，读者还可以联想得更多一些。如果作者把什么都直说了，那么，这首诗大概也就淡如白开水了。

在表现手法上，这首诗也有其独到之处。作者一开头就选择了落月、稀星、孤灯这样一些富有特征的景物，先构成深闺长夜的典型环境，渲染了情思起伏的浓烈气氛，然后用“梦难成”三字点破了女主人公的复杂的内心世界。“披衣更向门前望”这一富有戏剧性的细节，是通过动作去表现思想感情的，而一个“更”字，则把这位女主人公不止一次向门前张望的神态，表现得越发逼真了。“不忿朝来鹊喜声”是用喜怒交替的手法，对主人公的内在感情变化，做了进一步深入的揭示。喜鹊，本来被看作是报喜的信使，听到喜鹊叫，她是十分高兴而满怀希望的，但是，当她迎来的是一场空欢喜时，她对喜鹊也恼恨起来了。“不忿”就是恼恨、憎恶。在这一喜一怒之间，饱含着多少酸甜苦辣的滋味啊！《闺情》是一首抒情短诗，由于它写得有情有景、有声有色，感情细腻，故余味无穷，具有强烈的艺术感染力。

金昌绪的《春怨》也具有类似的特色，但在

艺术上的成就，比起《闺情》来则是有过之而无不及。金是临安（今浙江）人，其诗仅存这一首，可谓是孤诗名家。原诗是这样写的：

打起黄莺儿，莫教枝上啼。
啼时惊妾梦，不得到辽西。

这首短诗，也是口语化，没有什么艰深晦涩的字句，也没有什么典故，但在富有戏剧性的细节中，蕴藏着非常深厚的感情。诗中写的是一个妇女，但她和《闺情》中的女主人公不大一样。前者是夜不成寐，盼望天明；而后者则是深恐黎明来得太快，美梦难得重温。这四句诗一句紧扣一句，一气呵成，浑然一体，而其最大特色，也是感情非常含蓄。第一句起得非常突兀，既非直接抒情，也没有去写景，而是写假想的动作，“打起黄莺儿”，不一定是已经把黄莺打飞了，而是说这位女主人公想把黄莺赶跑。读者开头就想要知道个究竟，为什么她要把黄莺赶跑呢？第二句紧接着就是点明原因，原来她不愿让黄莺在枝上啼叫。但是，这一句还没有道出事情的原委，读者还要进一步追问：春天的早晨，黄莺婉转于树梢头，那美妙的歌声，悦耳动听，令人心情舒畅，为什么这女主人公却不愿让它啼叫呢？第三句紧接着做了回答，原来她深恐黄莺儿把她的美

北宋 王诜《玉楼春思图》

梦惊醒。写到这里，是否就算明白了呢？曰：否。因为，睡觉做梦，本是常事，这位妇女如此害怕把她的梦惊醒，那一定是非同寻常的美梦了。最后一句，才算是画龙点睛，点明了全诗的主旨：女主人公是多么希望在梦中神驰辽西，去会见那远戍边塞的丈夫啊！这样一环扣一环而又跌宕起伏的写法，使诗的内容层层深入，感情步步深化，紧紧扣住读者的心弦，使人读起来欲罢不能，非一气读完不可。

《春怨》是以刻画心理活动为主，作者对所塑造的这个妇女形象，也是以开掘她的深厚的思想感情和复杂的内心活动为主，但是，作者并不是孤立静止地去描写，而是选择了“打起黄莺儿”这样一个典型细节，把它一层一层地揭示出来。女主人公是一位多情的少妇，在春意盎然的季节，她日日夜夜思念着远征辽西的丈夫。他们也许是一对新婚夫妇吧？正当他们青春年少、情意缠绵的岁月，丈夫却远戍辽西去了。我们知道，辽西指辽河西部一带地方，在今辽宁省。唐朝统治者曾多次东征高丽，水陆并进，辽西一带常戍重兵。《春怨》所说的辽西，显然反映的就是这个历史背景。丈夫远戍辽西，多半是去从军打仗，这在当时是九死一生的军役。“可怜无定河边骨，犹是春闺梦里人。”[①] 这恐怕是唐代现实生活中千万对夫妇的悲惨遭遇的写照。金昌绪的巧妙之处，在于他没有直接写生离死别，也没有赤裸裸地抒发少妇的怨尤，而是抓住少妇深切希望梦游辽西和丈夫相会这样一个心理活动，把她内心的缠绵委婉的曲折感情，十分含蓄地表现出来了。试想，这位少妇在此春意浓郁的夜晚，独守空闺，她是多么渴望丈夫意外的归来啊！但是，天涯海角，音信杳绝；春闺梦遥，神驰辽西，此情此景，能

① 陈陶《陇西行》。

不动心？现实生活无情地把这对夫妇拆散了，她唯一的希望只有在梦中寻找一点安慰，可是不知趣的黄莺儿又把她闹醒了，怎能不使她生气而想把它打跑呢？黄莺儿本是可爱的，但在这里，却变成了可恨之物。这首诗的现实意义，自然不仅仅只是单纯抒发一下儿女之情，读者会明白，诗中的少妇真正所怨的不是黄莺儿，而是把自己和丈夫拆散的战争，是那穷兵黩武的统治者。当然，诗中并没有直说，但这也正是所谓的言外之意、弦外之音了。

《闺情》《春怨》，无疑是要在怨字上落墨，但诗中却无半个怨字，这种表现手法是很符合含蓄的要求的。伪托白居易撰的《金针诗格》在谈到含蓄时说："说喜不得言喜，说怨不得言怨。"这未免说得太绝对了些，但也不是没有道理的。司空图在《诗品》中用"不著一字，尽得风流"两句话去形容诗的含蓄，我想，用它来概括《闺情》和《春怨》的艺术特色，也是非常合适的。

『忽兮恍，其中有象；
恍兮忽，其中有物』

——诗的朦胧美

诗贵含蓄，在前章中已论及，但含蓄不是朦胧，而是味在酸咸之外。意在言外，是从表层意境直接进入深层意境，是艺术想象的合乎逻辑的结果。含蓄，不影响艺术意境的鲜明完整，不影响审美意识的清楚明确，但是，在古代诗词中，除了含蓄美之外，的确还存在一种朦胧的意境，具有朦胧的美。所谓朦胧，就是说诗的意识不是十分清晰，思想内容不是十分明确，但是它能唤起读者的丰富想象，感到其意境深邃，内容奇诡。虽如隔帘看花，可望而不可及，但却更增其美。这也许是艺术审美的一种特殊心理活动吧！

这种特殊的审美意识，和老庄思想似乎有一定的渊源关系。老子说："道之为物，惟恍惟忽。忽兮恍，其中有象；恍兮忽，其中有物。"这种恍忽的境界，正是一种朦胧的境界，不可以明言，但其中有象有物，可以"心融神化"。这也就是庄子说的可以意致而"不可以言传"的境界。老庄说的并不是艺术，而是讲对于"道"的认识，但是，这种玄妙的认识活动，和艺术思维活动却很有类似之处。有一些艺术作品，它所提供的意境，并不是很真切的画面，其内容也不一定有很明确的范畴和稳定的层次结构，但是，在比较朦胧的境界之中，读者感到其中有物、其中有象；在恍惚的意象之中，读者感到有可望而不可置于眉睫之前的美的境界存在，这就是我们所说的朦胧美。这是一种特殊的艺术审美功能，是作品提供的具有暗示性的审美信息和读者的想象相结合后，进行再创造的结果。这不是不可知，也不是所谓的无思想性，而是一种思维空间比较广阔的艺术创造，是一种富于想象的审美活动。

王国维在《人间词话》中谈到“隔”与“不隔”的问题，其中包含有多方面的美学内容，但他所批评的“隔”的现象，从艺术审美心理的角度看，倒不一定是绝对不好。例如，他对姜白石作品的批评：

> 白石写景之作，如“二十四桥仍在，波心荡冷月无声”，“数峰清苦，商略黄昏雨”，“高树晚蝉，说西风消息”，虽格韵高绝，然如雾里看花，终隔一层。梅溪、梦窗诸家写景之病，皆在一“隔”字。

在其他地方，他还有类似的评论，如说：“觉白石《念奴娇》《惜红衣》二词犹有隔雾看花之恨。”“白石《暗香》《疏影》格调虽高，然无一语道着，视古人‘江边一树垂垂发’等句何如耶？”大抵王氏所说的“不隔”，就是要直抒其情、直写其景、直咏其物，即所谓“语语都在目前”：写情如“生年不满百，常怀千岁忧”之类，写景如“天苍苍，野茫茫，风吹草低见牛羊”，咏物如“空梁落燕泥”等等。如果不是直抒、直写、直咏，那就是“隔”，在王国维看来，“隔”就是文学创作之病。如果王氏所指责的是那些脱离现实、故弄玄虚、滥用典故而缺乏真情实感的作品，那么，这种批评是中肯的，但是，这也不能绝对化，不能把艺术表现上凡是有“隔”的现象俱视为“病”而将以否定。就以姜白石的词来说吧，他的词以清空为上，追求格调韵味，以致有脱离现实之弊病，但是，从艺术性去看，确有其高妙之处。他比较注意审美心理的独立活动，善于表现与现实生活有一定距离的艺术意境，给人以一种朦朦胧胧的审美意象。“数峰清苦，商略黄昏雨”，是他的词《点绛唇》中的名句。全词是这样写的：

燕雁无心，太湖西畔随云去。数峰清苦，商略黄昏雨。

第四桥边，拟共天随住，今何许？凭栏怀古，残柳参差舞。

作者自注这首词是“丁未冬，过吴松作”。

丁未指南宋孝宗淳熙十四年（1187），姜白石三十八岁。他一生曾漫游湘、鄂、苏、杭各地，以布衣的身份和许多著名的诗人名士交往。这首词是他游吴松时写的，他非常景仰晚唐诗人陆龟蒙（自号“天随子”）。陆曾在松江甫里隐居，故姜白石曾有“三生定是陆天随，只向吴松作客归”[①]的诗句，这首词中也说“拟共天随住”，结合作者的思想品格，词中流露出来的无心于世事、只求遨游山水的思想感情是可以理解的。但是，在艺术表现手法上，则有其独特之处：一是不直抒其情，而是用拟人化的手法，寄情于自然景物；二是怀古以抒情，但不点出典故内容，使人产生空渺迷茫的人生意识。总起来说，作品给我们的意象是可以感知的，但不是清晰鲜明的完整的形象；作品内在的思想感情是可以意会的，但是难以言传。“燕雁无心”，自由飞翔，不知所往，不言情而情在其中。“数峰清苦”，点缀“黄昏雨”到来之前的朦胧景象，“商略”二字却把山峰人格化了，虽然不直接写景，但景物似乎有了生命。由于作者不是直接言情，也不直接写景，故使读者有朦胧之感，这大概也就是王国维说的“如雾里看花，终隔一层”了吧。其实，正是这“雾里看花”，唤起读者的一种朦胧的，但却是

① 《除夜自石湖归苕溪》。

深邃而富于想象的审美心理活动。这种境界，正是叶燮说的“想象以为事，惝恍以为情”的境界，所以，王国维以“隔”字批评姜词，可以说是只知其一而不知其二。至于他对“高树晚蝉，说西风消息”的批评，也是同一道理。这是姜词《惜红衣》中的两句，描写荷塘静境，把晚蝉声拟人化，从蝉声中已感知西风消息，透过听觉形象，朦朦胧胧间，似乎让人感到一种寂静萧瑟的境界。总之，姜白石的这些词在读者面前呈现的，是一种比较间接而朦胧的意境，不是一览无余，但也不是不知所云。读者可以充分发挥艺术想象能力，和作者共同完成全部审美过程。

在我国古代诗词中，近乎王国维所谓“隔”的作品是很多的，可是，人们并不以此为病而予以否定。李贺的诗，想象瑰丽，比兴奇特，经常给人以恍惚迷离、虚实难明的感觉，也具有一种朦胧的美。试以《巫山高》为例：

> 碧丛丛，高插天，大江翻澜神曳烟。
> 楚魂寻梦风飔然，晓风飞雨生苔钱。
> 瑶姬一去一千年，丁香筇竹啼老猿。
> 古祠近月蟾桂寒，椒花坠红湿云间。

这是一首充满浪漫主义幻想的诗，诗的意境

笼罩着一层朦胧的色彩。巫山在四川，山高多云雾，使人产生很多神奇的幻想，早在宋玉的《高唐赋》中，就已描写了巫山神女的神话，内容离奇而绚美，巫山云雨，给人构成一幅似真似幻的、朦胧幽艳的境界。故曹植在《洛神赋》中，也继承了宋玉的表现手法，创造了一种近乎幻觉的迷离恍惚的艺术境界，塑造了可望而不可及、若即若离的洛神形象。李贺的诗，充分运用了巫山神话的迷离恍惚的意境，使人有一种朦胧而神奇的感觉，产生无限遐想。一谈到巫山，就会想到那高入云天、烟雾缭绕的迷茫景象，“大江翻澜神曳烟”，“晓风飞雨生苔钱”，“椒花坠红湿云间”，都是一种朦胧的境界。再点出楚王梦游、瑶姬（神女）杳逝的幻想故事，更把读者引入恍兮惚兮的艺术想象之中。从诗的表现手法来看，诗中的意识流动，并不是按逻辑顺序发展，而是跳跃式的。虽然，全诗有内在的联系，但其表现形式，是各种意象的自由组合，形成较大的时间跨度和空间跨度。忽而是翻澜曳烟的大江，忽而是楚王和巫山神女幽会的梦境，忽而是筇竹茂密、猿猱哀啼的景色，忽而又是广寒蟾桂、云间坠红的幻觉，但是，在这似乎是梦幻的境界之中，却有一种深沉的、真挚的感情和若隐若现的意识在流动。虽然，它不是那么清朗和鲜明，但它确实是可以慢慢领略，具有一种朦胧的美。

南宋 刘松年《松荫鸣琴图》

李贺的不少诗作，在不同程度上具有朦胧的色彩，形成他的特殊风格，这是大家比较熟悉的。令人感到意外的是，在自称写诗要“其辞质而径”“其言直而切”“其事核而实”的白居易的诗中，居然也有以朦胧为美的诗。由于朦胧，以致使人们觉得难以理解，但它确实给人以美感。《花非花》一诗就是其例：

花非花，雾非雾；夜半来，天明去。
来如春梦不多时，去似朝云无觅处。

究竟这首诗的中心思想说的是什么？写的是谁？历代说诗者也有种种猜测，歧义纷起，但谁也没有能说清楚。这也难怪，因为全诗写得扑朔迷离、朦胧恍惚，作者用象征的手法，把思想感情表现得委婉曲折、若隐若现，所以，要十分明确地把握作者的思想意图，是比较困难的。至于企图把这首诗附会于白居易的政治生涯中的某一事件，或者一定要考证落实写的是某一爱情故事，那更是捕风捉影，不着边际。但是，我们可以透过表面这层朦胧的薄雾，去领略其中的意境。首先，我们从诗的表层意境看，花、雾、云都是具体鲜明的形象，但是“花非花，雾非雾”，“去似朝云”，这究竟是写什么呢？显然是写人，而且是一个美女，她似花似雾似云，是一个朦胧而优美的艺术形象：像花一样美，像雾一样轻盈，像朝云一样飘忽。她犹如镜花水月、美玉生烟，可望而不可及；她的出现，如梦似幻，来时匆匆，去无踪影，宛如一场春梦。这倒正符合王国维说的如雾里看花，虽然隔了一层，但却给人以朦胧之美。从这表层意境，再进一步领略诗的深层意境，当然就要涉及诗的思想内容究竟是写什么。我想，如果我们对此诗也要来一番“达诂”，恐怕也是很困难的，但是，对它有一个基本的理解，从整体意境上去领会其思想感情，咀嚼其中的滋味，应该说这是完全可能的。说这首诗表现白居易因政治上的失意、理想的幻灭而产生的虚无缥缈的感情，这显然是太牵强，从所写的形象看也和政治气氛不太谐调。至于是否因政治上的矛盾斗争，在他心理上投下了虚幻的阴影，从而在诗中有折光反映，这也许有可能，但也不能把它看作是直写某一政治事件的政治诗。如果说，这是一首抒发爱情的诗，那倒还可以意会，虽然诗中并没有直接说明是什么爱情。当然，我们也不必追究落实写的是某人某事，因为作者不是为了要给读者讲爱情故事，而是表现某种若明若暗的内心深处的情思，是一种潜在的感情，一种潜意识。至于说，那“夜半来，天明去”者何许人耶？我们也不知道，可能是作者虚构的幻象，也可能是梦中所见的情人。总之，是作者心目中的一个美丽的倩影。她半夜而来，天明即去，宛如一位薄纱罩面的美人。她也许是私奔幽会，行踪飘忽，来去匆匆。这是一个不能透视但却使人感到其美的女子形象，她可能是作者心目中所倾慕的美人，也可能是他梦寐以求的爱情的象征，当然，也有可能是受某一爱情故事的激发而摄下这隐约朦胧的镜头。无论是哪一种情况，我们从作品中的直观意象和整个意境看，自然只可能把它看作是一首含蓄缠绵、深情隐晦的爱情诗。诗中具有象征性的主人公形象，作者无疑是把它作为女子形象来写的。以花形容美人，是我国古代文学作品中常用的比喻手法，李白就写过“云想衣裳花想容”的诗句。“花非花”，这一否定判断句，其实是肯定如花的美人。以香雾形容美人的馨香氛围，在古代诗歌中也不少见，如杜甫诗“香雾云鬟湿”①，温庭筠词“香雾薄，透帘幕，惆怅谢家池阁”②。所谓“雾非雾”，也是用否定句式去肯定美人的飘逸馨香。而“春梦”“朝云”，则是一种暗喻，使人联想到楚王梦游的故事和“旦为朝云，暮为行雨”的巫山神女形象。把似花非花、似雾非雾、来如春梦、去似朝云等种种意象综合起来，不就是一幅隐约模糊的男女半夜幽会的场面么？最近，有的同志撰文论证说，白居易的这首诗，写的就是《莺莺传》中的张君瑞和崔莺莺的故事，这也不是没有道理的。白居易的朋友元稹写了《莺莺传》，他二人交情笃厚，文学主张接近，因此，白氏受到《莺莺传》故事的感染启发，写下《花非花》一诗，也是有可能的。但是，我们也不必拘泥于张生、莺莺的故事，我们只要感受到诗的意境之美就可以了。

《花非花》的意境，的确是比较朦胧的，但并不是不可理解的。这虽然表现为“忽兮恍”“恍兮忽”，但确乎是“其中有象”“其中有物”，可

① 《月夜》。
② 《更漏子》。

以唤起读者的丰富想象，使之获得无尽的美感享受。可以说，这就是大家常说的朦胧美吧！由此，我们又可以进一步体会到，朦胧并非是无字天书，也不是猜谜卜卦。朦胧美，是一种想象的美，是一种可以意会而难以言传的美，是意识自由流动的美。朦胧美，是艺术美的一种，这是客观存在的事实。当然，这并不等于说只有朦胧才美，更不能说只有使人看不懂的诗才美。白居易这样一位以主张文艺为政治服务著称的诗人，他不仅有痛快淋漓、直接暴露现实的诗，有尖锐讽喻的诗，也有缠绵婉转的《琵琶行》《长恨歌》一类长诗，还有《花非花》这样具有朦胧之美的诗。那么，对那些虽然有点朦胧，但是意蕴深远、可以领会的诗，又为什么不能给以一席之地呢？

『诗家总爱西昆好，
独恨无人作郑笺』

——诗无达诂

诗的风格是多样化的，有的慷慨激昂，有的缠绵婉约，有的义切言直，有的含蓄隐晦。虽然如此，但只要是好诗，俱能各尽其美。其中，有一些缠绵婉约而又比较含蓄隐晦的诗，在读者中往往引起不同的理解，以至于争论几百年未能得到一致的认识，有些诗甚至可以说永远无法得到一致的认识。因此，我国古代的一些诗歌评论家发出了“诗无达诂”之叹！这就是说，有些诗不是直抒胸臆，直陈其事，而是用比兴、象征的手法，思想感情表现得婉转曲折，有的甚至于扑朔迷离，使人费解。这种现象的产生，我想应该从两方面去找原因：第一，我国自先秦儒家提出“诗言志”“以意逆志”“知人论世”等类诗论之后，人们比较注意分析诗歌的思想情志、历史背景及其社会内容。这本来是不错的，但发展到两汉儒生说诗，却把这些正确的方法引向极端，把诗歌的比兴手法和对现实生活事实的反映等同起来，把艺术作品当作历史记录材料去研究，甚至把每一首诗都附会于历史的某人某事，把“比兴”变为比附，结果，就导致穿凿附会，歪曲诗意，歧义纷起，莫衷一是。这样去分析诗歌，自然是不可能“达诂”的。我们现在研究诗歌，固然也需要从总体上把握其社会内容、历史背景，也就是说要从社会学的角度去研究，但决不能再搞简单的比附，把任何一首诗都和现实生活中的某人某事扯在一起，而引起一些近于滑稽的麻烦。汉儒说诗的流弊，应予以肃清。第二，诗歌本身具有其艺术特征，它不是历史教材，直接记录史实；也不是政治哲学著作，直接论述思想观点。我国古人也注意到诗歌比兴寄托的特殊方法，讲究含蓄内蕴，意在言外。有些诗抒情言志，也并不一定都是直抒其情、直言其志，而可能是长期复杂感情的积淀和升华，成为一种内心深处的潜意识，一旦因物起兴，就获得象征性的表现。这样的诗，读者往往结合各人的思想感情、艺术趣味，多角度、多层次地去鉴赏、领会。如果一定要事事落实，句句一解，方为“达诂”，恐怕也是无法做到的。事实上，诗词审美和训诂之学并

南宋 佚名《山茶蝴蝶图》

非是一回事，如果说训诂只是解决字辞的能指层面，那么，审美活动则是通过联想、想象、虚构等等达到所指的深层次。如果读诗词只停留在文字训诂的表面，那是不能获得意境之美的。因此，过去被认为是不可知论的“诗无达诂”之说，现在看来，却是符合诗歌艺术的审美特征的。

这里，我们无妨以李商隐的《锦瑟》诗为例，来谈谈这个问题。元好问的论诗诗中，有一首这样说：

望帝春心托杜鹃，佳人锦瑟怨华年。
诗家总爱西昆好，独恨无人作郑笺。

说的是李商隐的《锦瑟》诗。“郑笺”指东汉经学家郑玄（字康成）对《毛诗》的笺注，那是汉儒注诗的典型。元好问的意思是说，《锦瑟》诗很令人费解，没有人能像郑玄笺注经典（包括《诗经》）那样来注释此诗。这里包含有两层意思：一是因无人能理解《锦瑟》而感到遗憾；二是觉得《锦瑟》诗根本不可能像郑玄注经那样去注释。如果一定要按“郑笺”的办法去求得对《锦瑟》之“达诂”，从而去判断此诗之优劣，那恐怕是徒劳无功的。下面，就让我们共同来赏析这首诗：

锦瑟无端五十弦，一弦一柱思华年。
庄生晓梦迷蝴蝶，望帝春心托杜鹃。
沧海月明珠有泪，蓝田日暖玉生烟。
此情可待成追忆，只是当时已惘然。

从字面解释，应该说不是十分困难的，尽管这里面用了典故，但并没有什么艰深古奥的文字。这首诗写的是什么事件和人物，主题究竟说什么？作者所抒发的究竟是什么感情？古代有些大诗人似乎也没有完全读懂诗意。宋胡仔在《苕溪渔隐丛话》中引《缃素杂记》云："山谷道人读此诗，殊不晓其意，后以问东坡。"东坡则以锦瑟能发"适怨清和"之声以解其诗。这种解释，实在是不着边际。此后千百年间，众说纷纭，迄无定论。然概括言之，主要有两种解释：第一种认为是悼亡诗，此说以朱彝尊为代表。他说："此悼亡诗也。意亡者喜弹此，故睹物思人，因而托物起兴也。瑟本二十五弦，弦断而为五十弦矣，故曰'无端'也，取断弦之义也。'一弦一柱'而接'思华年'，二十五岁而殁也。蝴蝶、杜鹃，言已化去也。此情岂待今日追忆乎？是当时生存之日已常忧其至此而预为之惘然必其婉弱多病，故云然也。"[1] 也就是说，这是一首悼亡的情诗。

---

① 《李义山诗集辑评》。

《唐诗三百首详析》的作者喻宗真即取此说，并说“本诗首二句，隐指亡妇之年，五十弦折半为廿五岁，故曰华年”。这种解释简直有点近乎测字猜谜。《刘贡父诗话》中，甚至说什么“锦瑟乃当时贵人爱姬之名，义山因以寓意”，这更是穿凿附会了。第二种解释，认为这是自伤诗，或者叫做政治诗，是李义山晚年回顾一生不幸遭遇，特别是政治上失意之作。何焯说：“此篇乃自伤之词，骚人所谓美人迟暮也……沧海、蓝田，言埋而不得自见；月明、日暖，则清时而独为不遇之人，尤可悲也。”[①] 此说后人多从之，但这又似乎太拘泥于思想分析，而忽略了诗的抒情意境。以上种种，也可以说是“诗无达诂”的表现吧？产生这些分歧，一方面是由于受“郑笺”方法的影响，把诗的鉴赏等同于考据之学；另一方面，则是由于诗本身比较含蓄隐晦，不易理解。因此，我们要真正领会《锦瑟》诗的意蕴，就得跳出前人解释的窠臼而另辟蹊径，不必陷入上述争论中而纠缠不休。诗是一种艺术，它给读者以优美的意境，使人从中获得综合而形象的审美感受。由于诗歌的意境不同，表现方法也有差异，再加上读者的审美能力、审美趣味也不一样，所以，不同的诗可以给我们以不同的审美感受，而不同的

① 《刘贡父诗话》。

读者对同一首诗的感受也可能不同。

杜甫的“国破山河在，城春草木深。感时花溅泪，恨别鸟惊心”之类的诗，多半是慷慨陈词，直书其事，思想明晰，感情逼真，读之一目了然，受到感染。但有些诗的思想感情则比较含蓄隐晦，或托物寄兴，或寓情于景，或言约而事丰，或言显而旨隐。对这样的诗，读者必须通过诗歌的形象（或者说是意象），去慢慢地领略其中的意味，而不应急于用简单化的办法，做出一两句抽象的结论，去代替细微的艺术分析和欣赏。再说，诗是一种借助于形象思维的艺术，诗人的思想感情往往是融会于完整的形象之中，呈现于读者面前的不一定是某种抽象的思想，而是具体、生动的意境。有人说：“形象大于思想”，看来，这也并非毫无道理。诗人通过自己的作品，把思想感情传达给读者，但诗歌中的意境，使读者所产生的共鸣和艺术想象，往往比作者预想的要丰富得多。读者鉴赏艺术作品，也有一个再创造的问题，因此，读者从作品中所获得的东西，常有为作者始料所不及者。严格说来，一件艺术品，从作家把它创作出来，又被鉴赏者加以再创造，形成自己头脑中的意象而获得美感，这才是艺术创造的全过程。所以，有一些写得比较含蓄隐晦的诗，可以让读者自己去领会，不必太拘泥于事实，也不一定要做出一个统一的简单结论。用考据的办法去要求诗的鉴赏，反而会使人愈读愈糊涂，陷入不可知的困境。我想，对《锦瑟》诗的赏析，也应是如此。元好问说“独恨无人作郑笺”，其实，郑玄笺注《诗经》，穿凿谬误之处甚多，即使他来笺注《锦瑟》诗，也未必能得其真解，最多不过是一家之言而已。

那么，《锦瑟》诗究竟能不能理解呢？它能否给人以美感享受呢？回答当然是肯定的。这首诗的形象是鲜明的，寓意是深刻的，诗的语言朗畅而色彩绚丽，感情深沉而意境优美。至于诗的主旨写的是什么，其寓意究意何指，我想，可以从作者的角度和读者鉴赏的角度，分别言之。从作者的角度来看，“自伤”之说是有一定道理的，但之所以“自伤”，并不是单纯因某人某事而造成，因此，解释此诗也就不必拘泥于某人某事或一时一事。《锦瑟》诗表现出来的思想感情，显然是多种感情的交织，是长期内心苦闷的积淀。这些苦闷感情，可能包括政治上的失意情绪，生活中的失望迷惘，也可能包括爱情的悲剧，青春的烦恼……这一切，长期积淀于内心深处，已成为一种潜意识的东西了，一旦因某种诱因的触发，这些蕴藏已久的感情，可能变成一种莫名的意绪流露出来，错综复杂地表现在诗的意境之中。这首诗是作者死前不久写的，回顾一生不幸的遭遇，感慨万千而又惘然若失，“此情可待成追忆，只是当时已惘然”，足见其感情之复杂和积郁之深沉了。一千多年前的李义山，生活在唐王朝政治黑暗腐败的时代，牛李党争激烈，不少有志之士，成为朋党之祸的牺牲品。李义山在牛李党争的旋涡中，受到种种迫害和凌辱，其间又有中年丧妻的悲哀，内心的苦闷可想而知，终于在四十五岁的有为之年忧愤而死。他本是一个有政治抱负、有理想的封建知识分子，对黑暗现实极其不满，但又不能直书明言，只好采用含蓄隐晦的办法去抨击时弊，抒发愤懑。他又是一位有才华的诗人，他发展了我国古代诗歌，特别是“诗”“骚”的艺术传统，充分运用了比兴手法，形成自己特有的艺术风格：文字华艳而感情深沉，讽兼比兴而意旨幽隐，意在言外，境界深远。他的《锦瑟》诗和其他一组《无题》诗，都具有这些特点。现在，让我们还是回到《锦瑟》诗上来。

首先，这首诗写得非常含蓄隐晦，意在言外、情见言中。首联借锦瑟五十弦而追思已逝之华年，这是没有问题的。颔联用庄生梦蝶和望帝化鹃的典故，暗示作者过去坎坷的经历，恍如一场春梦，往事如烟，而壮心未已，即使物化，亦不移其志。颈联用沧海遗珠、蓝田埋玉做比喻，寄托作者有志难酬、有才难展的怅惘之情。末联点明上述情思并非到今日才产生，早在当年自己经历一系列不幸遭遇时，已经感到惘然了。联系李义山写此诗的心境，也就是说联系他被罢去盐铁推官、闲居郑州、中年丧妻、困于疾病等一系列不幸以及由此而积累的苦闷心情，诗中所表现的感情是完全可以理解的。再说，李义山用庄生梦蝶、望帝化鹃的典故，也是借以表现作者对现实的迷惘和对自己已经失去的理想的执着感情。可以说，《锦瑟》所写，是苦闷的象征，是感情的升华，它引起读者的共鸣，完全是一种情绪的感染，而不是理智的思考。

其次，这首诗用的是比兴和象征手法，而不是直接抒情言志，这也是此诗显得比较费解的一个原因。作者主旨不是咏锦瑟，这是很明显的，而锦瑟非人名亦显而易见。锦瑟在此有起兴的作用，因为这种乐器装潢雅丽，音调凄婉，易动人情思，生发联想。由锦瑟五十弦，联想到已逝之华年，这并无勉强之感。锦瑟乃无知之器，五十弦系工匠雕成，诗人年近五十，由一弦一柱而想到年华一年一年过去，故云“无端”，这正是起兴。比兴手法，往往具有象征性，象征最能启发人们的联想和想象，这也是诗歌形象思维常用的表现手法。“沧海月明珠有泪”，这是借用我国古代的一则民间传说。《博物志》云："南海外有鲛人，水居为鱼，不废绩织，其眼泣则能出珠。"读者当然不一定都联系这则传说去理解，但是可直接从沧海明月、闪光的珍珠所组成的完美的画面，感受到被遗弃的明珠的伤感怆凉的气氛，一个"泪"字，使这种气氛得到强烈的渲染。蓝田美玉，是大家知道的，这里说的不是成玉，而是尚未开掘、蕴藏于土中的玉，在暖烘的阳光下，烟霭蒸薰，被认为是地下玉石的光泽，故陆机在《文赋》中说："石蕴玉而山辉，水怀珠而川媚。"李义山以美玉生烟，象征自己的才华与品格。在这里，蓝田日暖、美玉生烟构成一种"可望而不可置于眉睫之前"[①]的艺术境界。

再就全诗的结构来说，也是隐隐约约、虚实结合，但并非含糊其辞、不知所云。由锦瑟而明确点出"思华年"这是画龙点睛，标明全诗用意所在。至于所思"华年"的具体内容是什么，作者没有说明，也没有必要说明。大概对已逝去的美好青春，人们总是喜欢追忆的，然而在"华年"之中，各人的遭遇又不相同。李义山有自己的经历，他所思的"华年"，只有他自己才感受最深。不过，从全诗的意境来看，那已逝去的

① 司空图《与极浦书》。

“华年”，对他来说是大有“不堪回首”之感，虽不明言，但沉郁怅惘之情，却已使人心领神会了。作者在少壮之时，不是也有过美好的理想，有过高尚的志趣，充满希望，憧憬爱情吗？可惜这一切，有如一场春梦，一一消失了，不幸的遭遇使他在屈辱和愤懑中葬送了“华年”。追忆往事，犹如庄生梦蝶，使人感到虚幻，惟有理想与情思，则永难泯灭，将如望帝化子规，矢志不忘，虽九死而不悔也。这种迷惘却又执着的感情，难道不会使人们联系自己的生活道路而获得艺术的感染吗？说到这里，读者就可以进一步玩味李义山在诗中写沧海明珠、蓝田美玉的用意了。明珠美玉，乃世之珍品，但未逢其时、未遇其人，则虽然价值连城，也无用处。这就是诗人追忆华年而感到无限惘然的原因。

以上种种，都是可以直接从诗的意境中领略得来，这种感情也可以直接引起读者的共鸣。读诗，毕竟不是读历史，也不是看思想小结，我们不能用考证和写鉴定的办法去代替美的感受。再从读者的角度来说，鉴赏作品的过程，也是一个再创造的过程，文学艺术审美的全过程，是由作者和读者共同完成的，这也符合接受美学的观点。《锦瑟》诗给我们的不是历史的记录，也不是逻辑的概念而是意象的显示和感情的传递。任何一个读者都会联系个人的体验而接受作品提供的审美信息，经过再创造而产生共鸣，获得美感。诗是艺术品，人们对诗要分析，但分析是为了鉴赏，而不是作为训诂学去研究。所以说，“诗无达诂”是有一定道理的，有些诗也不一定要求“达诂”，而是要求感受和意会。叶燮说得好：“要之作诗者，实写理事情，可以言言，可以解解，即为俗儒之作。惟不可名言之理，不可施见之事，不可径达之情，则幽渺以为理，想象以为事，惝恍以为情，方为理至事至情至之语。此岂俗儒耳目心界分中所有哉？”①

① 《原诗》。

『水中之月，镜中之象』

——苦闷的象征

严沧浪有一段名言云："诗者吟咏情性也。盛唐诗人惟在兴趣，羚羊挂角，无迹可求。故其妙处莹彻玲珑，不可凑泊，如空中之音，相中之色，水中之月，镜中之象，言有尽而意无穷。"①这种可望而不可及、可得而不可受的诗歌艺术境界，是一种意在言外的审美境界。严沧浪说的是盛唐诗人的诗，其实有许多具有象征性的诗词作品，也都具有这些艺术特色。在李白、李贺、李商隐的诗中，就有不少这类作品。这里，我倒想一反常规，选曹植的《洛神赋》为例去谈谈这种审美境界。赋是介乎散文和诗歌之间的一种文体，屈原的《楚辞》又被称作屈赋，而不少赋（尤其是六朝小赋）中的文字就是诗的语言，其表现手法也和诗词有相通之处，所以，我们来欣赏《洛神赋》，也不算脱离诗词审美的旨趣。《洛神赋》通篇文字绚丽，光彩夺目，但其境界又迷离恍惚，若即若离，因此千多年间，对这篇作品的分析鉴赏，歧义纷起，争论不休。但是，如果我们换一个视角，用日本厨川百村的"苦闷的象征"的观点，去领悟《洛神赋》的如梦如幻、扑朔迷离的境界，自可获得镜花水月般的审美韵味。

曹植是建安文学中的佼佼者，他在创作上的

① 《沧浪诗话·诗辨》。

成就，不仅超过父兄，也超过建安七子及其他同时代的作家。曹植的诗赋，慷慨多气，情思婉转，具有很高的艺术性，可称得上是“建安风骨”的代表。钟嵘称他的作品“骨气奇高，词采华茂，情兼怨，体被文质”，这种评价是符合实际的。在曹植的作品中，《洛神赋》是一篇独具特色之作，它以强烈的感情色彩和光彩照人而又若隐若现的艺术形象，博得历代读者的喜爱而脍炙人口。但由于这篇名作的思想内容含蓄隐晦，其象征的表现手法，使千古读者争论不休，直至如今，也还众说纷纭。争论的焦点在于：《洛神赋》究竟抒发了什么样的思想感情？它反映了什么样的社会背景？洛神究竟是谁的化身？关于这些问题的争论，归纳起来，主要有两种意见：一种是“感甄”说，一种是“寄心君王”说。所谓“感甄”说，是指曹植和他的哥哥曹丕之妻甄后的暧昧关系的传说。甄后原为袁绍子袁熙之妻，曹操平袁绍，把甄氏改嫁给曹丕，丕做了皇帝后，因郭后谗言，甄后被赐死。后来的文人附会出曹植爱慕甄后的一些故事，并认为《洛神赋》原拟名为《感甄赋》，后被魏明帝改为《洛神赋》。这段艳情故事最早见于《文选》中李善注《洛神赋》。而主“寄心君王”说的人却认为：序明云拟宋玉神女为赋，寄心君王，托之宓妃，洛神犹屈宋之志也。而俗说乃诬为感甄，岂不谬哉！[1]何义门也说："植既不得于君，因济洛川作为此赋，托辞宓妃，以寄心文帝，其亦屈子之志也。"[2]这种观点的立足点，是要把曹植比作屈原、宋玉，说他虽遭曹丕的迫害，但他忠君之心未变，故借对洛神的恋慕之情以表"寄心君王"之志。这也是有点牵强附会，不符合曹植当时的遭遇处境。赋中虽有"寄心于君王"的话，但那是洛神情思之泛指，不一定是指朝廷的皇帝。我想，曹植作为一个有才华、有理想抱负的诗人，对爱情、对事业也曾有过美好的追求，他写过像《美女篇》那样艳丽的诗，也有像《白马篇》那样慷慨激昂的作品。由于弟兄间的权力之争，他受压抑迫害，长期抑郁愤激，积郁于心。理想的幻灭，爱情的失意，交织成一种失望、伤感、愤懑、苦恼的情绪，往往会自觉不自觉地通过各种机会流露出来。这种情绪是多种感情的积淀，时间长了就成为一种下意识的东西。由于某一事物或环境的触发，这种情绪就会喷涌而出，一发难收。它因物起兴，可能是触景生情，寓情于景；也可能是虚构情节，借题发挥，所以，作品中的人和事，不一定是真人真事，但所表现的思想感情，却是产生于现实生活中的真情实感。人们大概都有过这样的实践经验：在长期复杂的生活经历中，可

① 清·丁晏《曹集诠评》。
② 《义门读书记·文选》。

能有过失恋的痛苦，有过一些不幸的遭遇，人生旅途中经历过一些坎坷，心灵受过某种创伤。时间长了，事情已经过去，甚至是被遗忘了，但是在心灵深处却还留下某些很深的痕迹，蕴藏日久，可能变成某种不自觉的，甚至不一定是很理智的情绪，或沉郁，或愤激，或低沉，或昂扬。一旦受到某种诱因的触发，这种感情就要冲动。现代小说家们常喜欢用“莫名的”三字去形容某种难以解释的情绪。这种情绪不一定针对某一具体事件或某一人物，而是各种思想感情积淀而成，只不过是由于某种诱因而迸发出来了。《洛神赋》中，表现出来的失望、哀婉、眷恋、追求种种错综复杂的思想情绪，可以说就是曹植其人长期受压抑、受迫害，在生活上、事业上有种种不幸遭遇的综合反映。这也许就是厨川百村所说的“苦闷的象征”吧？这里面包括曹植在爱情生活、政治生活上的那种执着的感情，反映出他的多愁善感、才华横溢的性格特征。读《洛神赋》，人们就被这种思想情绪所感染，再加上作品中的高超的艺术技巧，使之成为脍炙人口的名篇。

《洛神赋》在艺术上很有特色，它那富有象征性的表现手法，使通篇具有虚幻的色彩。曹植自己说，他“感宋玉对楚王神女之事，遂作斯赋”，足见其受《神女赋》的影响，那是没有问

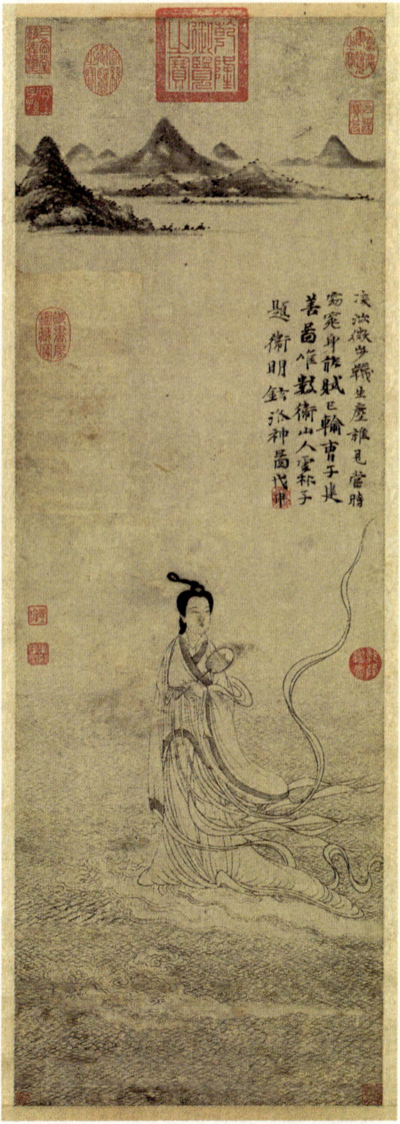

元 卫九鼎《洛神图》

题的。他对洛神美貌的描写，也和宋玉对神女的描写有类似之处，章法格式也有模仿。但是，我们也可看到他们之间的很大差异：宋赋多铺陈写色，而曹赋则多委婉抒情；宋赋写形，曹赋写神；宋赋多抽象形容，而曹赋则多具体描写。由此，我们也可看出魏晋六朝作家把缘情体物结合起来，这是我国古代文学发展的一大变化，也是当时文学进入自觉时期的征候之一。《洛神赋》的艺术特色，可从以下几方面去看：

首先，作者充分运用了艺术想象和联想的心理特点，给读者创造了一幅如梦似幻的富有象征性的艺术境界，具有一种可望而不可及、可感而不可触的朦胧之美。作品一开始就渲染这种气氛：

> 于是精移神骇，忽焉思散，俯则未察，仰以殊观。睹一丽人于岩之畔。

在这种近于幻觉的境界中，作者对洛神及其周围环境，做了一系列飘飘忽忽、若即若离的描写，写洛神之形，则云：

> 翩若惊鸿，婉若游龙。
> 仿佛兮若轻云之蔽月，飘飘兮若流

风之回雪。远而望之，皎若太阳升朝霞；
迫而察之，灼若芙蓉出渌波。

洛神的形象，光彩照人，然而是可望而不可及的，照心理距离的说法，正是这种可望而不可及的形象，更足以唤起读者丰富的想象力而获得无限的美感。作者描写洛神的身影风姿，则云：

神光离合，乍阴乍阳。
体迅飞凫，飘忽若神。
凌波微步，罗袜生尘。
动无常则，若危若安；
进止难期，若往若还。

总之，这是一个飘忽不定的形象，她的美，只有在想象中才能把握。“乍阴乍阳”“若危若安”“若往若还”，这都是捉摸不定但又可以感受的一种神态。不错，曹植写的是“神”，因此，创造了这种迷离恍惚的境界似乎并不奇怪，但是要知道，这里的“神”，并不是至高无上的可敬可畏的概念化的神，也不是虚无缥缈的幻影，而是一个有血有肉、有丰富思想感情的人。围绕着她所构成的如梦似幻的艺术境界，只增加了我们的艺术的美的想象，并没有把我们带到超尘出世的天国。曹植在赋的最后说：“足往神留，遗情想像。”可以说，这也是这种艺术境界给读者留下的美感力量。

其次，作品刻画洛神这个具有象征意义的艺术形象的方法，也有其独特之处。它不停留于表面的铺陈，也不做静止的写生，而是由表及里，由形及神，动静结合，曲折有致。从“肩若削成，腰如约素。延颈秀项，皓质呈露”，以及“披罗衣之璀粲兮，珥碧瑶之华琚”等等细腻的外形描写，我们已经看到这鲜艳夺目的丽人形象了，但这毕竟只是外在的诉诸视听之区的影像，仅仅是一种外在之美。这影像真正成为使人“思绵绵而增慕”的艺术形象，还在于她的精神情感。作者由表及里，层层深入，赞美洛神的多情善感，“抗琼珶以和予兮，指潜渊而为期”。洛神不仅和曹植（即赋中自称“予”的人）互赠定情信物，约会交好，而且还充满感情地为之“超长吟以永慕”。后因“人神之道殊”而不得不离开时，洛神还悲痛伤感，痛哭流涕：“抗罗袂以掩涕兮，泪流襟之浪浪。悼良会之永绝兮，哀一逝而异乡。无微情以效爱兮，献江南之明珰。虽潜处于太阴，长寄心于君王”。这种绘声绘色的描写，使洛神的形象更显得有血有肉、有情有信了。此外，作者对洛神的刻画，不只是做静物写生，还充分表现其动态美，有动有静，动静结合，使得洛神的形象更加栩栩如生。

践远游之文履，曳雾绡之轻裾。微幽兰之芳蔼兮，步踟蹰于山隅。于是，忽焉纵体，以遨以嬉，左倚采旄，右荫桂旗。攘皓腕于神浒兮，采湍濑之玄芝。

短短数句，生动地描写了洛神在山隅漫步、遨游、嬉戏、采芝种种姿态，就好像我们看画面上的一幅美人图，忽然走动起来了。当洛神受了感动，情不自禁以至于手舞足蹈时，作者写道：

竦轻躯以鹤立，若将飞而未翔。践椒涂之郁烈，步蘅薄而流芳。超长吟以永慕兮，声哀厉而弥长。尔乃众灵杂遝，命俦啸侣。或戏清流，或翔神渚，或采明珠，或拾翠羽。

这简直是一幅以洛神为中心的热烈的游戏场面，使人感到五彩缤纷，目不暇接，再联系到前面的种种静态描写如“云髻峨峨，修眉联娟，丹唇外朗，皓齿内鲜，明眸善睐，辅靥承权”等等，洛神的形象就更具体生动了。

总之，《洛神赋》所塑造的洛神，的确是一

个光彩照人的艺术形象，而通篇所呈现的意境，却是在朦胧中现光彩、华美中见沉郁，宛若镜中之象、水中之月，莹彻玲珑，不可凑泊，启人神思，发人深省。洛神是理想的象征，这理想，可以是美的理想、爱的理想，也可能是事业的理想、生活的理想。可惜这些理想都和洛神一样，是可望而不可及的，给人留下的只是惋惜怅惘、冥思遐想。从这一意义上说，我们认为曹植借这篇赋以寄托自己的种种失意情怀，说它是苦闷的象征，也是可以理解的。

『出之贵实，而用之贵虚』

——艺术真实

南宋 夏圭《雪堂客话图》

明代著名的戏曲理论家王骥德，在《曲律》中说："戏剧之道，出之贵实，而用之贵虚。……以实而用实也易，以虚而用实也难。"这里讲的是戏剧，但这个道理也适用于诗歌。所谓实，指现实生活中的事实，虚则指艺术虚构，这虚和实的关系，也就是我们常说的艺术真实和生活真实的关系。"出之贵实"就是要以现实为依据，以生活真实为基础；而“用之贵虚”，就是文艺创作的想象和虚构。文艺作品不是现实生活的简单再现和复制，而是天才的创造。我说的天才，是指作家的特殊艺术才能和创造性的劳动，其中包括作家独特的艺术构思和丰富的艺术想象等等。因此，文艺创作要以现实生活为基础，这是前提，但又不是生活事实的复述，这就是创造。明代谢肇淛曾说过：“凡为小说及杂剧戏文，须是虚实相半，方为游戏三昧之笔，亦要情景造极而止，不必问其有无也。”① 所谓“虚实相半”，是生活真实和艺术真实的结合，是经过作家的创造的，并不是机械的一半对一半。所以，我们欣赏文艺作品时，主要是从其艺术的真实性中获得美感享受，而不是拘泥于现实生活中之有无。王国维认为我国古代诗词有“造境”与“写境”之分，“然二者颇难分别。因大诗人所造之境，要合乎自然，所写之境，亦必邻于理想故也”②。可见，无论是“造境”还是“写境”，都要扎根于现实土壤之中，但又要超出现实生活之上。因而，我们鉴赏诗词，也只知陶醉于优美完整的艺术意境之中，而不问其事实之有无，更不会去推敲某一细节之是否符合于现实生活之真实。

---

① 《五杂俎》。
② 《人间词话》。

由于有些人常把生活的真实和艺术的真实混为一谈，把现实中的事实和艺术境界等同，因此，对一些意境优美、想象丰富的诗，进行种种挑剔和责难。下面，我想就两首诗的争论，谈谈我的看法。

月落乌啼霜满天，江枫渔火对愁眠。
姑苏城外寒山寺，夜半钟声到客船。

这首脍炙人口的七言绝句，是唐代诗人张继写的，题为《枫桥夜泊》。对于这样一首艺术性很高、境界优美的诗，有人却吹毛求疵，妄加指责。宋代鼎鼎大名的欧阳修就认为“夜半钟声到客船”是病句，他说：“三更不是撞钟时。”这种学究式的挑剔，不仅说明其生活知识的贫乏，也表明其对艺术规律的无知。当然，我这样说也只是就此诗的评论而言，并非对欧阳修的全面评价。关于“夜半钟声”的问题，过去已有不少人指出这是符合生活真实的。《王直方诗话》中就列举了“遥听缑山半夜钟”（于鹄诗）、“夜半钟声后”（白居易诗）等诗句，证明唐代寺院有半夜打钟的风习。叶梦得在《石林诗话》中也说：“今吴中寺，实夜半打钟。”但这并不是问题的症结所在，因为从诗歌的艺术规律来说，即使是虚构也是容许的，如果拘泥于生活中的事实去要求此诗的意境，那是腐儒之见。明代的胡元瑞说得好："诗借景之言，惟在声律之调，兴象之合，区区事实，彼岂暇计？无论夜半是非，即钟声闻否，未可知也。"这见解是十分精到的，诗歌的意境，贵在"兴象之合"，应该容许跳出生活事实的局限，进行丰富多彩的艺术想象和虚构。如果像欧阳修那样追究，就等于取消艺术，按这样去论诗，诗也就不必存在了。所以袁枚才提出尖锐的批评："如此论诗，使人夭阏性灵，塞断机括，岂非诗话作而诗亡哉！"

这里，我们无妨就这首诗做一简单的分析。《枫桥夜泊》作为一首短短的抒情诗，在创造意境和表现手法上是很有特色的。最突出的特色就是它很好地运用了形象思维，使情景交融，浑然一体，短短四句就把各种意象构成一幅完美的画面，意味深长，可以唤起读者的丰富想象，具有强烈的艺术感染力。对这首诗，是不能去寻章摘句的，只有透过完整的诗的意境，去领略诗的意味，才能获得美的感受。所谓"得鱼忘筌，得意忘言"，也可以用来说明这首诗的艺术特色。诗人所写的是夜泊枫桥所见的夜景，所抒的是异乡孤旅之愁，全诗的重点就是落在一个"愁"字上。从思想性来说，这首诗确是没有多少积极意义，但是，就艺术性来说，却是有其独到之处。作者写“愁”，但并没有处处说愁，而是选择了一些富有特征的细节，通过对这些具体景物的描写，寓“愁”于景，借景抒情。因此读者也可以根据各人的生活体验，去领略诗中的滋味，从中获得美感享受。诗里所描写的是一个异乡孤客，夜宿船中，举目无亲，愁思困扰，辗转反侧，难以成寐。月亮已经落山了，传来几声凄厉的乌啼；寒气袭人，使人意识到已是夜深霜冻了。船外只有萧疏江枫，点点渔火，此情此景，已够寂寞的了，而更难堪的是那遥远的寒山寺，传来阵阵钟声，怎不令人心碎？在四句诗中，诗人叠用了诉诸听觉的“乌啼”“钟声”，诉诸视觉的“渔火”“江枫”，还有诉诸触觉的寒霜等一系列具体事物形象，围绕一个“愁”字，构成一幅令人感到寂寞、凄凉的图画。这样，作者所要抒发的“愁”，就不再是抽象的概念，而是具体形象的意境。

由于作者很注意诗歌的形象性，所以用字也是很巧妙的。形容霜重而云“霜满天”，这固然由于古人不懂科学，误以为霜是从天而降，但这是艺术作品，艺术描写，说“霜满天”是完全容许的。深秋夜半，寒气袭人，从感觉上似乎满天是霜，整个空间都充满寒意，当然可以说是“霜满天”了。“夜半钟声到客船”的“到”字，也下得非同寻常。如果换一种写法，说“听到钟声”，或者说“钟声传来”，这就一般化、概念化，但是，一个“到”字，就把钟声写活了。这里的钟声，被人格化了，它似乎成为有情之物，特意从远处来到船上拜访这位孤寂的旅客。这样，钟声也被形象化了。用“夜半钟声”突出孤寂的心境，这是以有声写无声、以动写静的手法，是形象思维所常用的。

综上所述，我们就可看出，这首诗最突出的特点，就是强调了审美主体的主观感受，并且把这些感受变为鲜明的形象。诗人不仅善于选择典型的景物来表现内在的感情，而且还善于运用形象思维，诉诸人们的视觉、听觉和触觉，构成具体而完整的艺术境界。因此，我们读这首诗时，觉得如身历其境，引起丰富的艺术联想。这就是艺术的真实，毋庸置疑。但是，对这首诗，至今仍有不同的理解，有的认为“江枫”是指江村桥和枫桥，寒山寺西有乌啼桥，离寒山寺约二公里有愁眠山。这样，诗中所写的景物，似乎句句可落实到某山某桥，都是现实生活中的山水名称的记录。如果一定要这样去解释这首诗，那么，和读地理教科书没有多大区别，只会使人兴味索然。其实，清代已有学者指出，所谓“乌啼桥”“愁眠山”云云，俱系因诗得名，并非诗用地名，这对那些喜欢讲“字字有出处，句句有来历”的说诗者来说，无疑是有力的反驳。但这还不是最主要的，因为诗人并不是严格按生活的本来面貌去写诗，而是根据从生活中捕捉到的种种意象，按照自己的艺术构思去选择典型细节，凭“兴象之合”构成完美的意境：江枫、渔火、月落、乌啼……这一切当然都是出之于实，但是，一旦被诗人写到诗中，则“用之贵虚”了。它们都根据诗人艺术构思的需要，听凭诗人的调遣，成为意境构成的素材。因此，从鉴赏的角度来说，读者只是通过江枫、渔火、月落、乌啼种种意象，去玩味诗的优美意境，自然不必费力气去考证何者为桥名、何者为山名了。至于夜半有无钟声，则更不必去追究，因为诗人和读者意象中的钟声，是可以在意境中随时出现的。

再谈谈李贺《雁门太守行》，这也是为大家所称颂的作品，毛泽东曾引用其中“黑云压城城欲摧”一语去形容政治斗争的形势。然而，历来的注释家们，对此诗也有不同解释，有的人则对它进行挑剔责难。究其原因，不外有二：一是不同版本在文字上有出入，因此，对原诗的理解就产生分歧。二是用自然现象去衡量艺术意象，认为描写失真。而所有这些情况的产生，又都由于拘泥于个别字句，而不是从整个意境去领略诗意。现在，就让我们来读一读此诗全文：

黑云压城城欲摧，甲光向日金鳞开，
角声满天秋色里，塞上燕脂凝夜紫。
半卷红旗临易水，霜重鼓寒声不起；
报君黄金台上意，提携玉龙为君死。

根据王琦的《李长吉歌诗汇解》本，“甲光向日”作“甲光向月”。原文究竟是“向日”还是“向月”？我未曾做过考证，不敢妄下结论，但是，这一字之差，诗味却大不相同，解释也迥然两样。就诗论诗，我们也可以有自己的理解。

王琦是按照“向月”的意思去解释的。他说：“此篇盖咏中夜出兵，乘间捣敌之事。黑云压城城欲摧，甚言寒云浓密，至云开处逗露月光与甲光相射，有似金鳞。”照这种解释，既是“中夜出兵”，则无疑是“月光”了，但是从全诗看，似乎并非仅仅只写“中夜出兵”之景，如果是中夜出奇兵，则不会“角声满天”，亦难见塞上秋色。再说“甲光向月”，恐也不会闪耀金光，既然甲光有似“金鳞”耀目，则决非月夜所能致。如果是“甲光向日”，那诗的意境就不同了。“向日”自然是白天，全诗写的就是从白天到夜间的整个进军和战斗的场景。“黑云压城城欲摧”以示边关军情紧急，“甲光向日金鳞开”，生动地表现出驰边杀敌的军队的威武雄姿。开头两句就开门见山、极其形象地写出敌我双方的斗争形势，点出日夜行军、奔赴前线的场面。以下诗句，通过一些典型的细节，生动地表现出战场景象，渲染出战争的气氛："角声满天秋色里，塞上燕脂凝夜紫"，点出战争的时间是秋天，地点是在边塞，从早到晚，直至"霜重鼓寒声不起"的半夜，部队已推进到易水边，战鼓也被寒霜浸湿了，声音也喑哑了，但殊死的战斗正在进行。将士们挥剑杀敌，不怕牺牲，以生命报效祖国。诗人选择了"角声""红旗"和战鼓，衬托以塞上秋色、夜紫寒霜，构成一幅严酷而紧张的战斗场面，表现出一种英勇悲壮的战斗气氛。境界苍凉，色彩斑驳，从白天到夜晚的整个战斗过程和环境，都形象地表现出来了。所以，"向日"二字更符合于诗的意境，就其准确性来说，在阳光照耀下，甲光像鱼鳞一样闪耀着金光，才更合乎常景，显出军队威严雄壮。蔡琰《悲愤诗》中的"卓众来东下，金甲耀日光"，不就是类似的表现手法么？其实，这样去理解诗的意境，也并非我的创见，清姚文燮在《昌谷集注》中，就做了如下解释："元和九年冬，振武军乱。诏以张煦为节度使，将夏州兵二千趣镇讨之。振武即雁门郡。贺当拟此以送之，言宜兼程而进，故诗皆言师旅晓征也。宿云崩颓，旭日初上。甲光赫耀，角声肃杀。遥望塞外，犹然夜气未开。红旗半卷，疾驰夺水上军。勿谓鼓声不扬，乃晨起霜重耳。”这是按“甲光向日”解释的，只不过他是把诗中的时间和场景，放在一个早上，从清晨出发，直奔易水，故曰“晓征”，而我们是把时间和场景的跨度，拉长为从早到晚的所见所闻。这并不是仅在一个“日”字或一个“月”字上做文章，而是根据全诗的意境去理解的。当然，作为一首诗，并不是战地记录，它不必严格而明确地说明事件发生的时间顺序，也不必交代所表现的各种意象的具体内容。诗人只是把各种有关的意象，组合成一幅行军战斗的画面，构成完整的意境，这也是“兴象之合”，而不是事实的记录，所以，读者可从意境中去感受战争的气氛，意会战斗的场景，不必拘泥于细节之考据。

对“甲光向日”一句，有人还提出责难，说它不符合实景。王安石读这首诗头两句就批评说：“此儿误矣！方黑云压城，岂有向日之甲光。”王安石评诗改诗，笑话不少，杨升庵也嘲笑他“宋老头巾不知诗”，就是说他迂腐。但是杨升庵也未解其真谛，反而以“凡兵围城，必有怪云变气”去解释一边有黑云，而一边有日光，局限于是否符合自然现象的真实。王琦在《汇解》中说：“秋天风景倏阴倏晴，瞬息而变。方见愁云凝密有似霖雨欲来，俄而裂开数尺，日光透漏矣。”这样解释，当然也合乎自然景物的情理，但也是拘泥于以生活的真实去解释艺术现象。其实，诗不是气象预报，不是靠气象数据去推算结果，而是用比兴手法，用形象思维去表现艺术意境。“黑云压城城欲摧”句，是兼用比兴和夸饰的手法，借助于自然现象，烘托战争的严峻气氛，当然，也可以是整个战斗场景的描绘。“甲光向日”句，是描写军旅之威武雄壮。两者都是写自然现象，但目的都是为了写战地气氛，兴会神到，俱可入诗，并不影响诗的意境的真实性。说王安石不懂诗，就在于他把艺术真实和生活真实混同了。

『意匠如神变化生，笔端有力任纵横』

——诗贵创新

陆士衡在《文赋》中曾说过："虽杼轴于予怀，怵他人之我先。苟伤廉而愆义，亦虽爱而必捐。"看样子，他对模拟、抄袭、雷同的诗风是深恶痛绝的。但是，陆士衡的创作实践，恰恰就犯了他自己所反对的这些毛病，模拟过多，陈词旧句不少，常和前人雷同，很少创新。

诗歌贵在创新。所谓创新，并不是追求文字表面的奇诡生僻，也不是说前人用过的词句，后人就不能再用。诗的创新，关键是在于能否自出新意。我国古代作家强调"能自树立"，要"意新语工"，这些见解是深刻的。清代叶燮在《原诗》中，有这样一段话：

> 出而为情、为景、为事，人未尝言之而自我始言之，故言者与闻其言者，诚可悦而咏也。使即此意、此辞、此句虽有小异，再见焉，讽咏者已不击节；数见，则益不鲜，陈陈踵见，齿牙余唾，有掩鼻而过耳。

这就是说：诗歌创作不能千篇一律，模拟抄袭，否则就会令人"掩鼻而过"。江西诗派的代表人物黄庭坚作诗，讲究法度规摹，鼓吹所谓"夺胎换骨"之类的写作方法，结果，他的一部分诗作却是模拟抄袭，致招剽窃之讥。其《谪居黔南十首》，俱摘抄白乐天《寄行简诗》诗句，只不过是改易数字而已。例如白诗云："渴人多梦饮，饥人多梦餐；春来梦何处，合眼到东川。"黄把它改为："病人多梦医，囚人多梦赦；如何春来梦，合眼在乡社。"有人为之辩解，说黄山谷只不过是"摘其数语写置斋阁，或尝为人书，世因传以为山谷自作"（史容）。其实，上述之诗并不是摘抄，而是改头换面，故王若虚斥黄为"剽窃之黠者"[①]，这不是没有道理的。以"夺胎换骨"为名，行剽窃抄袭之实，这不仅在江西诗派中偶尔有之，其流毒所及则至于后世。曩读《随园诗话》内有记"新安方如川秀才"一则，袁子才认为其门生弟子中"未有雅如秀才者"，特录其席间赠诗一首。诗云："烟笼明月月笼烟，十里湘帘卷画船。阿翠不知秋已老，调筝犹唱杏花天。"人们一看，自然就想到杜牧的《泊秦淮》："烟笼寒水月笼沙，夜泊秦淮近酒家。商女不知亡国恨，隔江犹唱后庭花。"一对照，就可看出方秀才的诗是偷来的，无论是立意、章法都是一样，只不过是改了名字和题材而已。如果说，作者只是以杜牧诗为借鉴，而能独出新意，立意新，境界新，那是无可厚非的，但方诗却非

① 《滹南诗话》。

如此，通篇模拟，就不免拙劣了。叶燮在批评明代前后七子诗风时指出，他们“专以依傍临摹为事，不能得古人之兴会神理，句剽字窃，依样葫芦”，这样的诗，只会“令人哕而却走”。这些话用之于方秀才的诗，则更是贴切。诗本情性，境界求新。一味模仿，已使人生厌，而剽窃抄袭，则更是“伤廉而愆义”了。袁子才论诗，不乏独到见解，以其学识之渊博，诗才之横溢，评诗自当别具慧眼，而对方秀才之歪诗，竟以风雅称誉，岂识之不鉴，恐一时惑于私情也。所谓“人未尝言之而自我始言之”，就是要创新，就是要有巧妙的构思、新颖的意境。不同的作家，写相同的题材，由于构思各异、意境不同，就可写出各具特色的好作品来。戴复古说得好：“意匠如神变化生，笔端有力任纵横”，在这方面，我国古代不少诗人已给我们做出很好的范例。

这里，我想以写春风的诗为例，谈谈古人是怎样不断创新的。春风是几千年来被人们反复歌咏的题材。古人的诗词中写春风者，何止千百！同是写春风而别出新意、自成一格的，的确不少。其中各人的妙用，实在是值得我们学习的。

我们首先会很自然地想起白居易的“野火烧不尽，春风吹又生”这一名句。这里的春风，是不可抗拒的生命力的象征，是给人们带来新生的使者，它给受迫害的人民以鼓舞和希望，它给战斗者以必胜的信念。诗句脱口而出，明白易懂，形象鲜明而寓意深远。春风对于自然界的这种回天力量，在王安石的笔下，得到另一种极其生动的表现，这就是脍炙人口的《泊船瓜州》中的“春风又绿江南岸，明月何时照我还”之句。这个“绿”字，究竟好在什么地方呢？我想，主要之点恐怕是“绿”字在这里有动态、有色彩，把抽象的春风写活了。在这里，春风是具体形象的，它象征新生、象征力量，一个“绿”字就把春风和江南岸联系起来，构成一幅大地春回、生机勃勃的画面。白居易笔下的春风和王安石笔下的春风，都象征着新生和力量，但是境界不同，互不相袭。

有些诗人喜欢用春风去表现青春年少、年轻美貌、怀春幽情，写法多样，形象生动，感情细腻。在这方面，李白是有代表性的。例如我们在前面已引用过的《春思》，头两句写景，中间两句抒情，倒也平常，但最后两句“春风不相识，何事入罗帏”，把春风拟人化，含蓄蕴藉，感情诚挚，意境深远，使人玩味不尽。李白诗中写春风之处甚多，但并不使人感到重复和俗套，而是各出新意。他喜欢用春风衬托妇女的年轻貌美，例如“胡姬貌如花，当垆笑春风”，“春风东来忽相过，金樽绿酒生微波。……，美人歌醉朱颜酡”[①]等等。“笑春风”一语，生动地写出了胡姬的娇态，其美丽动人的姿容、快乐爽朗的性格，跃然纸上。这种表现手法，在崔护《游南门题诗》中得到新的运用：

去年今日此门中，人面桃花相映红。
人面不知何处去，桃花依旧笑春风。

这里直接写的是桃花、春风，但中心是写“人面”，是写人的，写得非常婉转、含蓄。李白是用“笑春风”去突出人物的美丽以及由此而产生的骄傲自得的心情；崔护则以此表达对美人的眷恋。有的诗却相反，写的不是人笑春风，而是春风笑人。鲍令辉《寄行人》云：“桂吐两三枝，兰开四五叶，是时君不归，春风徒笑妾。”这里表现的是一种深闺春怨之情。把人笑春风，改为春风笑人，两字易位，情景迥异，写法不同，但各有千秋，俱使人为之一唱三叹。

春风固是喜庆、幸福、新生的象征，但也常被用来衬托生离死别之苦、羁旅行客之愁。用欢

---

① 《前有樽酒行》。

快的场景反衬悲哀，或者用泪来反衬极度的喜悦，这是我国古典诗词中常用的手法。由于诗人的处境、心情的不同，同是春风，给人的感受也就不一样，它可以给人喜悦，也可增添愁怀。写离情别绪的，如李白的“春风知别苦，不遣柳条青”[①]“春风复无情，吹我梦魂散”“坐思行叹成楚越，春风玉颜畏销歇”[②]，这是把春风和离情直接联系起来的写法，也可以说是直叙。有的诗人则把春风作为衬托心情的典型环境来写，例如刘禹锡的“城外春风吹酒旗，行人挥袂日西时”[③]、杜牧的“春风十里扬州路，卷上珠帘总不如”[④]等等。又如温飞卿的《客愁》：

客愁看柳色，日久逐春深。
荡漾春风里，谁知历乱心。

这首诗中的“柳色”“春风”，都是为了衬托“客愁”而出现的。在饱经动乱、离乡背井的游子心中，春风柳色都只不过是增添愁苦的景物罢了。上面的例子，都是写一般的惜别之情，有的则用春风去写死别之苦，情调更为伤感。如温飞卿的《和友人悼亡》中的“春风几许伤情事，

① 《劳劳亭》。
② 《寄远十二首》。
③ 《杨柳枝词》。
④ 《赠别》。

碧草侵阶粉蝶飞”。这里的碧草、粉蝶都和春风有关，显然是春意盎然的春天景色，这种景色本来是使人感到欢乐和喜悦的，但是对于因死别而满腹“伤心事”的人来说，却只会引起无限伤感了。可见，同是一样的春风，由于感情不同、构思不同、表现手法不同，在不同的诗作中就产生不同的艺术效果。

至于用春风去表现自然景色的诗篇，则更是俯拾即是，这就更需要独出心裁、别开生面，否则最易流于俗套。有的以春风写春色，寓情于景，兴寄深远，如李白的“春风正澹漾，暮雨来何迟”①“轻条不自引，为逐春风斜”②；温飞卿的“莫惹香梦绿杨丝，千里春风正无力”③“觉后梨花委平绿，春风和雨吹池塘”④“宜春苑外最长条，闲袅春风伴舞腰”⑤，还有雍陶的“村园门巷多相似，处处春风枳壳花”⑥。有的把春风比作给人们传递感情、播送幸福的信使，如李白的“此曲有意无人传，愿随春风寄燕然”⑦“谁家玉笛暗飞声，散

① 《相逢行》。
② 《古意》。
③ 《郭处士击瓯歌》。
④ 《春愁曲》。
⑤ 《杨柳枝》。
⑥ 《城东访友人别墅》。
⑦ 《长相思》。

入春风满洛城”[①]。这里的春风，是和歌舞升平的景象连在一起的；反之，如果春风不到之处，那就意味着是一片荒凉景色，即使有笛声，也是哀怨凄婉，王之涣的“羌笛何须怨杨柳，春风不度玉门关”[②]，不就是这种情景吗？

谈到这里，似乎关于春风的描写，已经是穷形尽相，难得再创新了，其实不然。艺术创造就是这样一种奇特的精神活动，它有无限广阔的天地，有才华的艺术家自有其无穷的创造力。正如陆士衡说的“辞程才以效伎，意司契而为匠”，只要是情自内发，意从己出，独具匠心，那么，“山重水复疑无路，柳暗花明又一村”，新的意境，自会不断出现。春风年年有，为诗代代新，宋代王禹偁的《春居杂兴》，就给春风的描写，开拓了新的境界：

两株桃杏映篱斜，妆点商山副使家。
何事春风容不得，和莺吹折数枝花。

这首诗的艺术构思是极其新颖的。春风本来是吹绽蓓蕾、吹放百花的，但这里的春风却成了“容不得”杏桃盛开的对立物，竟然吹折了数枝

---

① 《春夜洛城闻笛》。
② 《出塞》。

南宋 佚名《柳塘寻句图》

花，岂不成了摧残群芳的反面形象？其实，诗人正是利用这样的写法，表现出春意之浓，使读者感到：不但是桃杏争春，就是春风和鸣莺，也都在争春。至于春风为什么“容不得”，那就让读者自己去领略吧！诗人兴会所至，是不必太拘泥落实的。

临了，又想起贺知章的《咏柳》来：

碧玉妆成一树高，万条垂下绿丝绦。
不知细叶谁裁出？二月春风似剪刀。

真是妙极了！春风竟然被比喻作剪刀，而细长的柳叶，竟被想象成用剪刀裁出来的。独特的构思、奇妙的想象，把人们带到美妙的艺术境界中去了。究竟谁是剪刀的操持者呢？谁用碧玉来装点这万条垂柳呢？是造物者，是神灵，还是诗的作者？这一切，都留待读者自己去想象吧！

文艺是一种具有独创性的事业，只有不断创新，才能获得不朽的生命。如果因循守旧，照搬照抄，那是不会有出路的。客观世界是无穷尽的，人的认识也是无穷尽的，因此，艺术上的创新也是永无止境的。任何一个有成就的作家、艺术家，他总是有自己的独特风格，在某些方面有所创造，有所前进。“春风”二字，尚可在古人的诗词中不断翻新，为什么我们今天的文学艺术，就不能大胆地去闯新路、辟蹊径，创造出无愧于我们这伟大时代的新艺术呢？

『运用之妙，存乎一心』

——文字运用

诗歌是语言的艺术，古今中外伟大的语言艺术家们对文字的运用是十分重视的。我国古代许多诗人，为了写好一首诗，反复推敲，锤字炼句，使有限的字在他们笔下，花样翻新，变化无穷，创作出瑰丽多姿的艺术品来。“吟安一个字，拈断数根须”，就是为了选择最恰当的字眼，表现出最美的意境。字典上的字，每个识字的人都可以使用，但是，同一个字在不同的人的笔下，却能发挥不同的作用。在语言大师们的笔下，文字的运用，确是有点铁成金之妙，一些极为平常的字眼，竟能表现出无穷的妙趣，真可谓之妙手回春。

我们只要稍为留意一下，就不难发现，一些极其普通而常用的字，在诗人的笔下，往往能使之新意层出，妙趣无穷。有些字，本属抽象的数字概念，但在诗词中却可变为生机盎然、意趣深远的艺术境界。“一”字就有如此奇妙的作用。

要说“一”字的妙用，我们很自然地就会想到“一字师”的故事：

郑谷在袁州，齐己携诗诣之。有《早梅》诗云：“前村深雪里，昨夜数枝开”，谷曰："数枝"非早也，未若"一枝"。齐己不觉下拜。自是士林以谷为一字师。

——陶岳《五代补》
引自《诗人玉屑》上卷

所谓"一字师"就是说改了一个字，便使作者钦佩得五体投地。这其中是有妙趣的。诗题为《早梅》，写的是梅，而立意则应在早字：一场大雪下过，深深的积雪，覆盖万物，但坚毅独拔的梅花，却迎风斗雪，傲然开放。诗中所写的是含苞待放的早梅，它并不因风雪摧残而萎缩凋零，反而以一种不可抗拒的力量，在深雪里绽开蓓蕾。如果是开了数枝，说明已开放了几天了，如果是一树梅花，那就更是花开已久了。"一枝开"既表现其早，还使人感到无数蓓蕾将迎着严酷的风雪，不断怒放。惟其"一枝"，才表现出坚强峭拔的品格和生命力，这样，诗的意境才符合"早梅"二字的命意。由此可见，"一"字虽属数的概念，但在表现"早梅"的意境中，却起了巨大的作用。当然，这并不是说，写早梅就只有这种写法，也有人以盛开的梅花描写早梅的，例如张谓《早梅》云："一树寒梅白玉条，回临村路傍溪桥。不知近水花先发，疑是经冬雪未销。"但这写的是另一种意境，和齐己的诗是迥然不同的。

郑谷改诗的故事，给我们以很多有益的启示。我们还可以从古典诗词中，找到“一”字的许多用法，诗人们赋予它以种种特殊的表现力。前面谈到的《早梅》诗，表现的是一种凌霜傲雪、蓓蕾初放的意境，人们在深雪覆盖之下，感到生命的力量，看到新生的象征。但是，在另外一些诗中，“一”字却被用来表现孤傲、突出的形象，例如“浓绿万枝红一点，动人春色不须多”，这两句脍炙人口的诗，就属这一类。有人说这是唐人诗，但未见出处。《王直方诗话》则说：“荆公作内相时，翰苑中有石榴一丛，枝叶正茂，但只发一花，故荆公题此，余每以不见全篇为恨。”究竟是王安石作或是题抄前人诗句，实难断定。这两句诗写的是春色，动人的春色比比皆是，作者独选择了“浓绿万枝红一点”这样一个典型的细节，使得动人的春色集中在“红一点”上表现出来，构成非常鲜明出众的艺术形象，形成意在言外的艺术意境。好就好在这“一点”，大有“瑰孤立而特峙，非常音之所纬”① 的意味。如果是“红万点”，恐怕就没有韵味了。“动人春色不须多”，是“红一点”的说明，它也包含有深刻的美学意义：审美趣味是多样化的，百花盛开，百鸟争喧，乱云飞渡，万众高歌，这些场面会给

① 陆机《文赋》。

人一种欢快热烈的美感，也许，那是属于阳刚之美吧？但是，用“一”字去表现的种种境界，却使人感到另外一种美。这种美的意境，往往使读者感到或幽静凄凉，或超群出众，或清高孤傲，或闲适雅致，也可以说是属阴柔之美。其特点是含蓄蕴藉，饶有余味，“一”字在此，具有“以少总多”“一以当十”的艺术效果。下面，试分别举例论述之。

古诗词中，用“一曲”“一声”“一笛”以抒情写景者很多，写“一曲”者，如：

自把玉钗敲砌竹，清歌一曲月如霜。

——高适《听张立本女吟》

春江一曲柳千条，二十年前旧板桥。

——刘禹锡《杨柳枝》

今日听君歌一曲，暂凭杯酒长精神。

——刘禹锡《酬乐天扬州初逢席上有赠》

霓裳一曲千峰上，舞破中原始下来。

——杜牧《过华清宫三绝》

一曲清歌，暂引樱桃破。

——李煜《一斛珠》

一曲新词酒一杯，去年天气旧亭台，夕阳西下几时回？

——晏殊《浣溪沙》

离歌且莫翻新阕，一曲能教肠寸结。

——欧阳修《玉楼春》

以上这些诗词，有的抒写怀旧之情，有的写饮酒欢乐，有的写离愁别绪，作者不云“数曲”而云“一曲”者，也是“动人春色不须多”之意。一曲清歌，阳关一曲，这是饱含着感情的乐曲，一曲足矣，何必言多！以“一声”“一笛”抒写不尽之情者，亦不少见。例如：

一声何满子，双泪落君前。

——张祜《宫词》

深秋帘幕千家雨，落日楼台一笛风。

——杜牧《题宣州开元寺水阁，阁下宛溪，夹溪居人》

残星几点雁横塞，长笛一声人倚楼。

——赵嘏《长安秋望》

何人月下临风处，起一声羌笛。

——柳永《倾怀》

所有这些诗句的情致，都在这“一”字，如果易“一”为“几”、为“数”，则兴趣索然了。“一声何满子”，就在一声中，凝结了宫女的千愁万恨，歌喉哽咽，刚发一声而双泪齐下，其情之凄切可知。至于长笛一声，点缀着残星皓月，哀怨之意，溢于文字之表。写情如此，言“一”足矣，亦不须多。类似的表现手法，在诗词中是很普遍的，如“潮平两岸阔，风正一帆悬”①。另本“一帆”作“数帆”，自然是“一帆”好，意境和“孤帆远影碧空尽”类似，“数帆”就一般化了。又如：“长江一帆远，落日五湖春。”②“白云一片去悠悠，青枫浦上不胜愁。”③“黄河远上白云间，一片孤城万仞山。”④等等都属此类。

在我国古代诗词中，以动写静，也是为人所称道的一种艺术手法。其中以“孤鸿”“一

---

① 王湾《次北固山下》。
② 刘长卿《饯别王十一南游》。
③ 王若虚《春江花月夜》。
④ 王之涣《凉州词》。

雁”“一鸟”之类动态形象写静景者，也不乏其例。在这种以动写静的手法中，“一”字又起着特殊的作用，它唤起人们孤寂的感觉。杜甫《月夜忆舍弟》写诗人漂泊异乡，在一个月明露白的夜晚，怀念亲人，一开头就写道：“戍鼓断人行，边秋一雁声”。“一雁声”，可能就是一只孤雁的叫声，夹杂着城楼更鼓声，在夜静更深时，更显得难以忍受的寂静，衬托出诗人内心的孤寂。这种孤寂的境界，和赵嘏的“乡心正无限，一雁度南楼”①、晏殊的“好梦频惊,何处高楼雁一声”②是近似的。当然，杜甫诗不单纯是孤寂，而是深刻地反映了他所处的动乱时代的现实，具有深刻的思想意义。此外，如：

星河秋一雁，砧杵夜千家。

——韩翃《酬程近秋夜即事见赠》

一鸟忽飞来，啼破幽绝处。

——《诗人玉屑》第二十卷

一声啼鸟禁门静，满地落花春日长。

——《诗人玉屑》第三卷

---

① 《寒塘》。
② 《采桑子》。

残影郡楼月，一声关树鸡。

——刘沧《早行》

天寒一雁叫，夜半几人闻？

——杨万里《和周仲觉》

岩空岸老松千尺，天静时闻鹤一声。

——张咏《舟中晚望桃源山》

这里的“一雁”“一鸟”“一声”等等，都表现静境，表现孤独，以动写静，倍增孤寂的感觉。

当然，“一”字的用法很多，并不一定都表现其少，有时，却具有“乘一总万”“以少总多”（刘勰）之妙，也就是说用“一”作为众多、全体的代表。叶绍翁《游园不值》写道：

应怜屐齿印苍苔，小扣柴扉久不开。
春色满园关不住，一枝红杏出墙来。

“春色满园”以至于“关不住”，这已经表现得很妙了，但是仅这一句并未给读者以具体的形象，再补上“一枝红杏出墙来”，就极尽其妙了。花园里的红杏，从墙上伸出一枝来，这本是平常的现象，但由于前面有“关不住”之句，这一枝

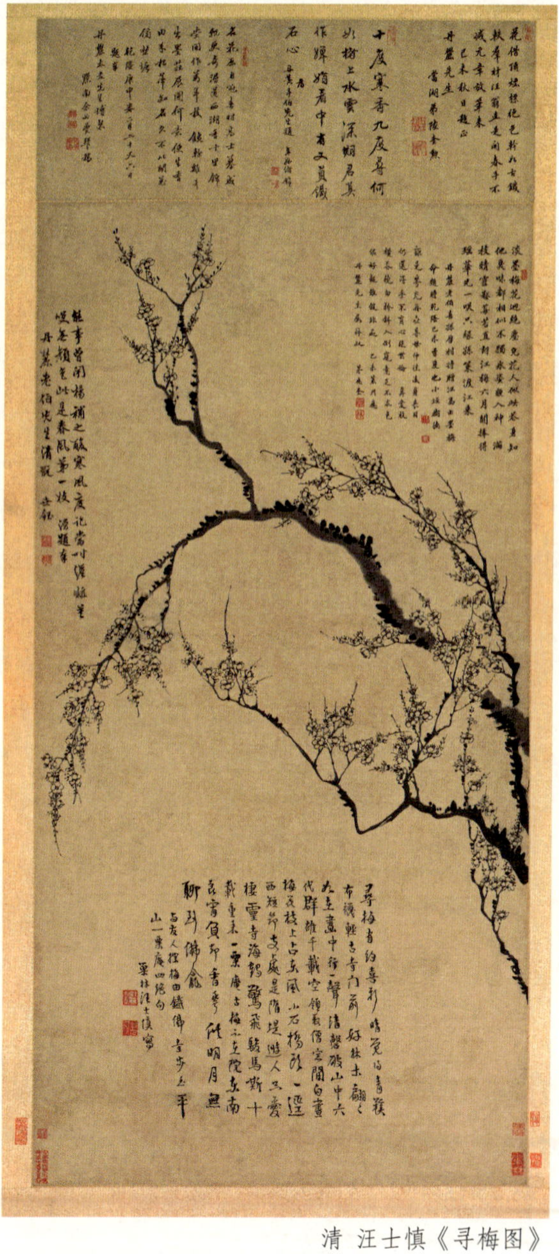

清 汪士慎《寻梅图》

红杏就具有特殊的含义。它是满园春色的象征，由这“一枝”，读者可想象到园内万紫千红的景色和令人陶醉的浓郁春光；由这“一枝”，人们可联想到风华正茂的青春和青年们的炽烈的情怀。用“一枝红杏出墙来”透露出满园春色，比正面写“姹紫嫣红”要含蓄得多，意境更为深远，更耐人寻味，所以不少诗人很喜欢用这种手法去表现无限情怀。例如舒亶《虞美人》中的“故人早晚上高台，赠我江南春色一枝梅”，李清照的“一枝折得，人间天上，没个人堪寄”①，又如“无限春愁在一枝”②，“轻烟小雪孤行路，折剩梅花寄一枝”③。这里，无限春愁，离情别绪，都凝结在一枝上。诗人们写秋天，则常用“一叶”表现秋色，所谓“一叶知秋”，也是类似的表现手法。例如：

淮南一叶下，自觉洞庭波。

——杜牧《早秋》

一叶落，几番秋，江南独倚楼。

——贺铸《独倚楼》

---

① 《孤雁儿》。
② 高启《梅花诗》。
③ 刘克庄《别敖器之诗》。

只有一枝梧叶，不知多少秋声。

——张炎《清平乐》

渐觉一叶惊秋，残蝉噪晚，素商时序。

——柳永《竹马子》

由一而知万，这可以是数学计算的结果，但在文艺中，这个“一”必须是和某具体事物联系在一起，借助于艺术联想，才能以少总多，以一当十，获得艺术审美的效果。

有时候，“一”字的用法，恰恰和单一、少数的概念相反，而是“满”“完全”的意思，表现出事物的饱满充实。例如形容江水河流，则云：“一江春水向东流”。大家知道这是李煜著名的《虞美人》词中的佳句，作者抒写的是“故国不堪回首月明中”的伤感情绪。这位亡国之君的愁和恨是没有尽头的，所以他写道：“问君能有几多愁，恰似一江春水向东流。”一江就是满江，写的是春水，抒的是愁怀。这里的“一”字就具有其特殊的意味，它表现出抒情主人公愁之多、恨之切，而且犹如江水东流，可谓是绵绵无尽期了。又如戴叔伦诗“燕子不归春事晚，一汀烟雨杏花寒”[1]，贺铸的“一川烟草，满城风絮，梅子黄时雨”[2]，都是以“一川”为“满川”、以“一汀”为“满汀”。又如秦观的词“春路花添雨，花动一山春色”[3]，说的是“满山春色”。周邦彦的“断肠院落，一帘风絮”[4]、秦观的“夜月一帘幽梦，春风十里柔情”[5]、吕信臣的“好是夜阑人不寐，一帘疏影上梨花”[6]等等，都写的是“满帘”。卢照邻的“寂寂寥寥扬子居，年年岁岁一床书”[7]、李益的“不知何处吹芦管，一夜征人尽望乡”[8]、苏舜卿的“春阴垂野草青青，时有幽花一树明”[9]、晏几道的“一夜西风，几处伤高怀远”[10]等等,都是说的“满床”“满树”“整夜”。而所有这些，都是以写情为主，富有感情色彩。

高明的语言艺术家，的确像一位魔术师，在他们的笔下，每个字都有各种妙用，花样翻新，别出新意。一个常用的“一”字，就可表现出种种不同的意境来，这也许是艺术的特殊功能吧。

---

① 《苏溪亭》。
② 《青玉案》。
③ 《好事近》。
④ 《瑞龙吟》。
⑤ 《八六子》。
⑥ 《春月》。
⑦ 《长安古意》。
⑧ 《夜上受降城闻笛》。
⑨ 《淮中晚泊犊牛》。
⑩ 《碧牡丹》。

当然，这也并非是神秘到不可知的。“一”字本身，既无形象也不能抒情言志，它必须依附于作品中所写的具体事物，才能发挥作用，具有特殊的表现力。至于运用之妙，存乎一心，用得好不好，那就取决于作家的艺术才能了。

『玲玲如振玉，累累如贯珠』

——声律之美

音乐美，是我国古代诗词的传统特色。鉴赏中国的古代诗词，不懂得其音乐美，不能从声律的角度去领略那金声玉振的滋味儿，至少也可以说还未获得诗词艺术之全美。

要说明这个问题，得先从诗歌与音乐的关系说起。上古时期的文学艺术，诗、歌、舞是分不开的。最早，可能是一种较原始的艺术形态，劳动人民一边劳动，一边呼唱，唱词用以抒情达意，而发出的抑扬高下、强弱轻重的声音，就是音乐。随着文学艺术的发展，有专门的诗人和乐师，诗人写诗，乐师配乐。《诗经》中《雅》《颂》部分，多系乐词，有的是给帝王贵族们专门制作的清庙之乐，用于宗庙祭祀；有的是士大夫文人们的宴享之乐，大概是在宴会时作娱乐用的；有的是民歌，民间婚丧礼俗中用的音乐，有词有曲。总之，在我国早期的文学中，诗和乐是分不开的，那时，主要是诗配乐。后来，文人作家多了，有些常用的曲调又相对地被固定下来，于是，逐渐变为填词以入乐，叫做倚声填词。六朝以后许多文人作家的诗词作品，如曹操父子的一些乐府诗以及乐府民歌，多属此类。至于宋词，则更为明显。最初，词是配乐的，后来，不一定都作为乐词来写，但都按相对固定的词牌格式去写，故称填词。

诗词与音乐的关系如此密切，所以，我国古代的诗词理论，在论述诗词艺术审美特征时，总是要和音乐美联系起来。《乐记》论乐，常涉及诗；《毛诗序》论诗则多涉及乐；司马相如论赋，已有“一宫一商，一经一纬”之议；陆机论文，有“暨音声之迭代，若五色之相宣”的说法；范晔论文亦强调“性别宫商，识清浊，斯自然也”。这都是对文学作品音乐美的要求。从陆机、范晔的话中，我们可以看出，他们所谈的“音声迭代”“性别宫商”，已经不是指给诗词配的音乐，而是指文学作品语言自身的音乐美了。

诗词作为一种语言艺术，而不再配以乐谱，那么这些作品究竟如何获得音乐之美呢？那就只有从文学语言本身去寻求。我国古代文学作品对语言文字特别讲究音乐性，而韵文体作品尤其如此，这可以说是我国文学上的一大民族特色。

诗讲究格律、押韵，轻重抑扬，这倒不是中国诗词所独有，外国诗亦然。但是，从文字音韵本身，直接感受到音乐之美，并和音乐上的五音六律有密切联系，却是我国古典诗词独有的特色。文学语言有直接表现音乐美的功能，这又和汉字为单音节字，字有四声五音之别等特点有关。所以，六朝四声说的出现，以及与此有关的声律之研究，对促使我国古代诗人们自觉运用声律之学、赋予诗词作品以音乐之美，具有重大的作用。研究和鉴赏中国古典诗词，应该充分看到并肯定这一点。

关于汉字四声的发明和运用，《南史·陆厥传》中有这样一段记载："汝南周颙，善识声韵，为文皆用宫商，以平上去入为四声。"这里透露出两条信息：一是汉字已有四声之说，二是用音乐（宫商）之美要求文学语言。汉字的四声变化，不能代替音乐上的宫、商、角、徵、羽，这是很显然的，但是，按四声的轻重抑扬，使诗词具有类似宫商所谱的音乐之美，这是可能的。因此，人们才常把四声和宫商做比较：

宫——上平声

商——下平声

角——入声

徵——上声

羽——去声

这样类比，虽然是不科学的，但是从声调的抑扬高下，以及不同声调表现不同感情和情绪等类功能看，研究四声所具有的音乐性功能，从而进一步探索诗词语言艺术的音乐美，却是具有颇为重要的意义。从生理和心理学角度来说，声音的强弱高下，和人的生理、心理变化直接有关，故我国古代有些研究声韵的学者，认为四声各有不同的特点，如说：平声“哀而安”，上声“厉而举”，去声“清而远”，入声“短而促”[①]，因此，四声也可以表现喜怒哀乐不同的感情。这听起来似乎有点玄虚，其实是很有道理的。诗词中由于四声的变化，能更好地表现思想感情，这才是我们在读诗词时，从音调上就获得美感的奥秘。

关于如何赋予诗词语言以音乐美，古人在创作实践中已总结了丰富的经验。《宋书·谢灵运传论》中有一段颇为精辟的议论：

> 夫五色相宣，八音协畅，由乎玄黄律吕，各适物宜，欲使宫羽相变，低昂互节，若前有浮声，则后须切响。一简之内，音韵尽殊；两句之中，轻重悉异，妙达此旨，始可言文。

我们可以说，这是对诗歌语言之音乐美的一些原则规定，即是按音乐曲调的变化，对语言提出如下要求：按四声的轻重、强弱、高低之别，

① 《元和韵谱》。

在变化中求和谐，表现出和谐的音乐美。对此，刘勰在《文心雕龙·声律》中，有更明确的论述。他提出文学语言调韵的方法是："声有飞沉，响有双叠，双声隔字而每舛，叠韵杂句而必睽；沈则响发而断，飞则声扬不还，并辘轳交往，逆鳞相比。"综合以上各家所论，可以看出我国古代诗词语言的音乐美，主要有以下几方面的表现：

第一，平仄清浊之美。六朝时有四声之论，但尚无平仄之说，唐以后才把四声归于平仄两类，用以调韵。其基本原则，就是要求诗词语言要抑扬高下、轻重变化，具有鲜明的节奏感，以表现思想感情的起伏跌宕，使诗词在语言音调上具有一种变化多样的音乐性。所谓"前有浮声，则后须切响"，就是要求平仄相间，平声轻，其声浮；仄声重，其声切；轻重、浮切、清浊，都是用以表示平声和仄声的区别。平声指上平下平，仄声指上、去、入三声。唐以后的近体诗，无论是五言或七言，都是按平仄相间的要求，形成固定的格式。以五言绝句为例：

白日依山尽，黄河入海流。
欲穷千里目，更上一层楼。
——王之涣《登鹳雀楼》

这是五言绝句中的一种格式，属仄起平韵正格，其平仄格式为：

仄仄平平仄，平平仄仄平。
平（仄）平平仄仄，仄仄仄平平。

从这格式中可以看出，一句之中一般是双平双仄相间，形成两个或三个音节，第一、二句，第三、四句之间，平仄相对。我不拟在此专门介绍诗词格律常识，我只想说明，一首五言绝句，文字不多，但平仄音调按一定的规律组合变化，就感到声音谐调，抑扬高下，起伏交错，读起来，确有珠圆玉润之美。刘勰说的“辘轳交往，逆鳞相比”，“声传于吻，玲玲如振玉；辞靡于耳，累累如贯珠”，就是说诗词的这种音乐之美。如果没有平仄相间，而是全平全仄，或平仄错杂无绪，那就如刘勰所说的“沈则响发而断，飞则声扬不还”，例如“屋北鹿独宿，溪西鸡齐啼”，“如蒙清音酬，若渴吸月液”之类，读起来，使人换不过气来，有如绕口令，没有抑扬顿挫的节奏感，失去音乐之美。

第二，押韵和谐之美。一支曲子，节奏有快慢，音调有高低，音量有强弱，声音变化多样，千姿百态，但是，它又是一个和谐的整体，即在多样中求统一、变化中求和谐。我们通常称这种和谐统一的基础为基调或主旋律。我国古代诗词讲究押韵，就是要使诗词语言在平仄变化中求得音调上的统一与和谐。所谓韵，我国古代韵书中分类颇为复杂，如成书于宋代的《广韵》，分二百零六韵；金元时期韩道昭的《五音集韵》减为一百六十韵；清代的《佩文韵府》，则合并为一百零六韵。历代分韵的趋势是由繁及简，但毕竟还是太复杂繁琐了。照我们现代拼音字的观点看，所谓韵，无非就是指母音相同的字，新诗韵就是以此为准。从音乐的角度看，一首诗的韵就如一支曲子要定个基调，例如宫调、商调之类，尽管声音有轻重、清浊之变，但总要统一在这基调之上，使得这首诗在语言音调上具有和谐之美。

戍鼓断人行，边秋一雁声。
露从今夜白，月是故乡明。
有弟皆分散，无家问死生。
寄书长不达，况乃未休兵。

在杜甫的这首《月夜忆舍弟》中，行、声、明、生、兵等字，属平声庚韵。全诗语言音调平仄错综，起伏变化，但又在庚韵上取得统一和谐，犹如苏州亭园，虽台榭参差，峰回路转，但错落有致，统一在一个有独特风格的院落之中。陆机

南宋 马麟《芳春雨霁图》

说的“音声之迭代，若五色之相宣”，不就是这种音乐之美么？

押韵不仅使声音形式取得统一和谐，在表达思想感情方面，也大有讲究，这一点却往往被人们所忽视。前面我已提到，四声表现不同的感情和情绪，这是有生理和心理基础的。据《元和韵谱》的分析，入声的特点是“短而促”，这种迫促的声音，常出现于人们的情绪急迫凄厉，或感情悲切苦痛的时候。例如，人处于极度悲痛中而发出凄厉的哭声，或为了压抑痛楚的感情而发出抽泣之声，就具有“短而促”的特点。因此，诗词中押入声韵，多半是表现这类感情的，这在词中尤为突出。

以诗而论，如相传是曹植写的七步诗：“煮豆燃豆萁，豆在釜中泣。本是同根生，相煎何太急！”押的是入声韵，感情的迫促悲切，于声音中亦可感知。以词而论，如所传李白的《忆秦娥》：

箫声咽，秦娥梦断秦楼月。秦楼月，年年柳色，霸陵伤别。

乐游原上清秋节，咸阳古道音尘绝。音尘绝，西风残照，汉家陵阙。

这首词所押的咽、月、色、别、节、绝、阙，属入声韵，每句读起来都使人有迫切急促之感。箫声是凄切的，而不是悠扬的；景色是苍凉的，而不是秀丽的；感情是迫促的，而不是舒缓的。刘熙载在《艺概》中称所传李白的《菩萨蛮》和《忆秦娥》是“繁情促节”“长吟远慕”，如果我们从音韵的角度看，以“繁情促节”四字形容是十分恰当的。

第三，双声叠韵之美。由于汉字为单音节

字，又有声和韵的区别，所以，文字按不同情况进行排列组合，不仅具有特殊的形式美，而且还产生特殊的音乐效果，能烘托作品的环境气氛、增强作品的感情色彩。双声叠韵在诗词中的运用，就有这种特殊的艺术功能。例如形容长江大河，则言滔滔、滚滚；形容泉水细流，则言丁冬、涓涓；形容雨声则言哗啦、滴沥；形容雷电则言霹雳、轰隆；形容视觉不清，则云渺茫、迷漫；形容器物洁白小巧，则云剔透、玲珑。诸如此类，不是双声，就是叠韵，用于诗文中，可有绘声绘色之功用。《诗经·国风》的第一首《关雎》，就充分运用了双声叠韵的特色，虽然当时还没有四声的理论。“关关雎鸠”“窈窕淑女”“辗转反侧”“参差荇菜”，这些句子多双声叠韵字。至于《诗经》中使用重叠字，则更是比比皆是，如“采采卷耳”“习习谷风”“行道迟迟”“驱马悠悠”“氓之蚩蚩”“杲杲日出”“彼黍离离”“行迈靡靡”“中心摇摇”等等。叠字既是双声，又是叠韵，它们对表现不同的事物、描绘不同的情状、抒写不同的感情，都有其独到的作用。正因如此，所以李清照的《声声慢》，连用十四个叠字作开头，别开生面，产生了强烈的艺术感染力。关于这首词，我们在前面已做过分析，这里，只想以其押韵以及双声叠韵的运用为例，再简单谈一下。《声声慢》这词牌的押韵，可平可仄，李清照在《词论》中也说到这一点，而她之所以用入声韵，自然是为了更适合表现凄凄惨惨戚戚之情。戚、息、急、识、摘、黑、滴、得，这八个入声字，通押全篇，读起来运气短促，音调急切。再加上开头的“寻寻觅觅、冷冷清清、凄凄惨惨戚戚”，还有后面的“点点滴滴”等等叠字，尽是双声，又是叠韵，读起来就更令人觉得“玲玲如振玉，累累如贯珠”了。徐轨在《词苑丛谈》中说：“首句连下十四个叠字，真如大珠小珠落玉盘也。”这倒是道出了李清照《声声慢》的音乐美的艺术特色。当然，双声叠韵的运用，必须和作品的思想感情紧密配合，并不是随便使用双声叠韵字眼，都可以获得上述的艺术效果。没有真情实感，只在文字上东施效颦，则不但不美，反而更增其丑。乔梦符写的《天净沙》，尽用叠字，其词云：“莺莺燕燕春春，花花柳柳真真，事事风风韵韵，娇娇嫩嫩，停停当当人人。”显然，这是模仿李清照的，由于矫揉造作，近乎文字游戏，所以陈廷焯在《白雨斋词话》中嘲笑说：“乔梦符效之，丑态百出矣。”声律之美，是我国古代诗词的民族特色，即使是写新诗，亦不可不讲究。但音律的运用，必须服从于思想内容，切不可脱离思想内容而片面追求“四声八病”之类的文字游戏。这一点，是值得我们仔细推敲的。

增订本后记

《诗词审美》作为上海文艺出版社“文艺知识丛书”中的一种，于1987年出版，印行一万余册，短期内即销售一空，并在当年上海《书讯报》举办的“你最喜欢的十本上海版新书”全国性评选活动中，名列第四。有不少评论文章，称此书是“古代文论走向当代审美的有益尝试”，其特点是“语言通俗易懂，却又颇有理论深度；讲的是美学原理，却又那么生动有趣，引人入胜”。该书出版迄今已有十五年余，其间还常收到一些读者来信，索要此书，惜早已脱销。故云南人民出版社的同志和我商量，拟出修订本以飨读者。为此，我把原书仔细读了一遍，有些篇章做了局部修改，订正了个别错字。此外，新增了《诗家总爱西昆好，独恨无人作郑笺——诗无达诂》《水中之月，镜中之象——苦闷的象征》两篇，这也是我国古代诗歌美学中引人关注的问题。

感谢云南人民出版社胡廷武社长对本书再次出版的鼓励和帮助。

张文勋

2004年3月于云南大学

新版跋

拙著《诗词审美》初版，于1987年9月在上海文艺出版社出版，被编在“文艺知识丛书”中，印行一万多册。2005年1月，又在云南人民出版社再版，印行三千册，这已是十八年前的事了。现在新版又将面世，说明此书至今并不过时，还值得一读。我作为这本小册子的作者，由衷感到高兴。再版此书，不拟做任何修改补充，完全保留原样，以此表明书中所论，乃作者持有的文学见解，不会随波逐流、因时而变。若有不合时俗者，可任读者评议，以求指正。诗词审美之妙趣，乃寓理论于赏析之中，读者自多有再创作的余地，也毋须强求一律。

揭诗词审美之妙趣，
寓理论于赏析之中。
读者尚有创造余地，
一唱三叹其乐无穷。

最后，我还得感谢云南人民出版社赵石定社长的厚爱，使本书得以图文并茂的精美形式与广大读者见面。以文会友，乐在其中也。

张文勋

2023年1月10日